中国博士后科学基金面上资助项目：

英国摄政时期小说研究：叙事形式与伦理结构（2014M560615）

外国文学研究丛书

伦理透视法

英国摄政时期小说叙事图景

陈礼珍　著

Ethical Perspectives in the Narratives
of Regency Novels

ZHEJIANG UNIVERSITY PRESS
浙江大学出版社

目　录

绪　论

19世纪前期的英国文学通常被冠以"浪漫主义时期文学"之
名[①]，这一段时期在历史上对应的实际上是"摄政时期"。英国"摄政
时期"狭义上专指1811—1820年，乔治三世因健康问题退出政坛
后，由儿子威尔士亲王乔治·奥古斯塔斯·弗雷德里克（George
Augustus Frederick，1762—1830）摄政的时期；广义的"摄政时期"
则指1800—1830年，甚至是18世纪末到1837年维多利亚时期开
启之前，由摄政王（后来的乔治四世）影响和主导英国政坛的那段
岁月。[②]

　　国外学界对这一历史时期的文学研究已经非常充分，大都从浪
漫主义角度出发。学界对浪漫主义时期历史界限的划定方法有多
种，其中之一是1798—1832年，以威廉·华兹华斯（William

---

　　① 学界常用四种方式对英国文学进行断代和命名：(1)以世纪断代命名；(2)以
统治者名字命名，如伊丽莎白时期文学和维多利亚时期文学；(3)以文学流派命名，如
现实主义文学与现代主义文学；(4)以历史时期命名，如中世纪文学和文艺复兴时期
文学。这些断代和命名方式经常混合使用，在使用过程中会产生混乱和矛盾。

　　② 参见：(a) Smith, Robert A. , 1984. *Late Georgian and Regency England*,
1760—1837. Cambridge：Cambridge University Press. (b) Newman, Gerald, et al. ,
1997. *Britain in the Hanoverian Age*, *1714—1837*：*An Encyclopedia*. New York：
Garland：335.

Wordsworth)和塞缪尔·泰勒·柯勒律治(Samuel Taylor Coleridge)1798年合作发表《抒情歌谣集》(*Lyrical Ballads*)为起点，以1832年沃尔特·司各特(Walter Scott)去世为终点。也有学者将英国浪漫主义时期划定为1785—1825年(Curran，1993：xi)。浪漫主义是个复杂的概念，众多作家被划入这一流派，但很难在他们身上找到共同特征，学界曾一度倾向于用复数形式来描述这个文学潮流。浪漫主义的基本界定特征包括个人情感、主体意识、崇尚自然、注重想象力、向往中世纪历史和神秘主义、推崇异国文化与民间文化等等，不一而足。戴维·辛普森(David Simpson)在《浪漫主义、批评与理论》("Romanticism，Criticism and Theory")一文中指出，浪漫主义表示一个历史与文学的共存体，指称"英国18世纪末、19世纪初的文学作品，它们拥有共同的历史情境，但并不一定非得按照某种本质或规定性的特征而捏成一块"(Simpson，1993：1)。杰·克莱登(Jay Clayton)的《浪漫主义视野与小说》(*Romantic Vision and the Novel*)以浪漫主义因素作为线索纵贯18、19世纪的多部英国小说(Clayton，2009)。克莱登的跨历史时期研究恰好可以用来说明将"浪漫主义"与"小说"两个语意结合在一起可能存在的问题：浪漫主义因素可以存在于不同历史时期的小说中，而写作和发表于浪漫主义时期的小说也不一定具有上文所述的浪漫主义特征。这是国内外学界在学理上产生混乱的重要原因。我国学界通常将19世纪前期的文学称为"浪漫主义时期文学"，这段时期内的文学成就以浪漫主义诗歌为盛，同时小说也取得了重大成就。但是如果用"浪漫主义时期小说"这一称呼则会造成极大的误导作用，因为这段时期内小说的总体特征和浪漫主义诗歌的总体特征存在较大差异。本书试图以"摄政时期小说"这一称呼来代替"浪漫主义时期小说"，借此体现这一时期小说形式丰富多样的存在状况。

近年来比较关注英国摄政时期小说中的伦理问题的有吉里

安·海德-史蒂文森和夏洛特·苏斯曼(Jillian Heydt-Stevenson &
Charlotte Sussman)合著的《认识浪漫主义小说：英国虚构类作品的
新历史，1780—1830》(*Recognizing the Romantic Novel：New
Histories of British Fiction，1780—1830*)，它分析了这一时期小
说的形式实验精神、伦理因素和政治文化(Heydt-Stevenson &
Sussman, 2010)。海德-史蒂文森等人在书中的阐释让人耳目一
新，发掘出了很多以往被学界忽视的细节问题。但或许出于主题原
因，伦理仅仅是其中的一个维度，并没有成为其贯穿始终的主线。
詹姆斯·P.卡森(James P. Carson)的《浪漫主义小说中的民粹主
义、性别与同情》(*Populism，Gender，and Sympathy in the
Romantic Novel*)利用巴赫金、福柯以及弗洛伊德的理论分析了小
说中的民粹主义、伦理判断和性别政治问题(Carson, 2010)。罗
杰·萨尔斯(Roger Sales)的《简·奥斯丁和摄政时期英格兰的再
现》(*Jane Austen and Representations of Regency England*)则围绕
简·奥斯丁(Jane Austen)作品对摄政时期英国状况的再现问题展
开论述，较为全面地分析了摄政时期社会历史和小说叙事之间的关
系(Sales, 1994)。通过梳理文献资料可以发现，国外学界在1800—
1830年的英国小说研究领域已经有了很多富有洞察力的成果，但
是在论述中也存在学理上的混乱，而且未对此给予足够重视。到目
前为止，国外批评界还较少深入系统分析摄政时期不同种类小说在
叙事形式和伦理结构方面所呈现出来的复杂性，其中具有的建设性
意义还值得进一步发掘。

　　19世纪英国小说研究是中国外国文学研究领域的重镇，但是
我国学界存在重视维多利亚时期(1837—1901)小说，而忽视摄政时
期小说研究的问题。其原因有二：就时代而言，维多利亚时期是19
世纪英国小说的高峰时期；就体裁而言，摄政时期是浪漫主义诗歌
盛行的年代。这两大因素叠加在一起，使得摄政时期小说研究作为

整体长期以来在我国未得到足够重视。我国学界对摄政时期小说家的研究存在研究对象分布非常不均匀的情况。有少数作家的作品极受青睐，产生了大量富有建树的研究成果。研究得最充分的是简·奥斯丁(1775—1817)、沃尔特·司各特(1771—1832)、玛丽·雪莱(Mary Shelley，1797—1851)；相比之下，关于另外一些摄政时期重要作家如玛利亚·埃奇沃思(Maria Edgeworth，1767—1849)、约翰·高尔特(John Galt，1779—1839)、约翰·威廉·波里多利(John William Polidori，1795—1821)、苏珊·费里尔(Susan Ferrier，1782—1854)的研究则严重短缺，寥寥无几。

国内学界在研究摄政时期小说的过程中取得了长足进展，出现了不少从文学伦理学角度进行分析的成果，如：张箭飞的《奥斯丁的小说与启蒙主义伦理学》(1999)从婚姻观这个角度来观察作家与启蒙主义伦理学的共生关系；张鑫的《出版体制、阅读伦理与〈弗兰肯斯坦〉的经典化之路》(2011)从出版体制和阅读伦理等角度对玛丽·雪莱的名著进行了解读；高灵英的《苏格兰民族形象的塑造：沃尔特·司各特爵士的苏格兰历史小说主题研究》(2008)从民族形象塑造角度研究了司各特的历史小说。同时，国内学界在研究摄政时期小说的过程中也表现出了较为严重的同质化现象，在分析作品时持有阐释定见，因而产生了大规模的重复建设问题。比如奥斯丁研究往往从女性主义和婚姻观角度出发研究她最知名的《傲慢与偏见》(*Pride and Prejudice*，1813)，司各特研究大多从苏格兰民族问题角度出发，而玛丽·雪莱的《弗兰肯斯坦》(*Frankenstein*，1818)研究则基本从生态、叙述和科幻小说角度出发。这种现象亟须改进与修正。

就文学断代史研究而言，国内目前已有 3 项相关的国家社科基金项目：苏文菁的"英国前期浪漫主义诗学研究"(2003)、李增的"英国浪漫主义诗歌对国家身份的表达与建构研究"(2014)、龙瑞翠的

"英国浪漫主义文学中的地方书写研究"(2018)。就文学文类研究而言,目前也有3项国家社科基金项目:张旭春的"二十世纪西方文论与英国浪漫主义研究"(2010)、张欣的"英国基督教浪漫主义的文学理论与实践:从柯尔律治到托尔金"(2011)、章燕的"英国浪漫主义诗歌与视觉艺术关系研究"(2019)。这些项目都涉及19世纪前期英国文学,却都是从浪漫主义理论角度切入,而且讨论的主题也并非这个时期的小说,而只是在论述中有部分涉及而已。在文学史编撰方面我国有钱青的《英国19世纪文学史》(2006)和聂珍钊的《外国文学作品选——18世纪至浪漫主义时期文学》(2009)等众多专著,对摄政时期小说都有论及。在学术专论方面,尚晓进的《什么是浪漫主义文学》(2014)花了少量篇幅讨论浪漫主义时期小说,但或许出于各种考虑,并未对小说与诗歌之间的理念与特色做进一步甄别。王欣的《英国浪漫主义诗歌的形式主义批评》(2011)同样如此。从伦理学角度论述这一时期文学的有鲁春芳的《神圣自然:英国浪漫主义诗歌的生态伦理思想》(2009),它从生态理论角度对浪漫主义文学做了较为详细的论述,然而因为主题关系仅专注于诗歌,而完全没有涉及这一时期的小说。聂珍钊等人的《英国文学的伦理学批评》(2007)较为系统地从伦理学批评角度切入,纵览分析和梳理了英国文学,或许因为选题主旨和篇幅原因也没有对摄政时期小说展开详细论述。

综上所述,我国在英国摄政时期小说研究领域已经取得了一些有价值的成果,但是在这方面的专论还有待系统化和更加深入的研究。这正是笔者研究的起点。本书试图较为体系化地研究英国摄政时期小说,从叙事形式与伦理结构双线切入,尝试从文学伦理学批评角度研究英国摄政时期小说中的价值观变迁。本书选取了发表于这一时期的几部小说作为主要分析对象。这些都是经典作家最有代表性的作品,在时间上涵盖了摄政时期的早、中、晚三个阶段，它们作为文化与文学样本反映出摄政时期小说叙事形式和伦理结构的整体走向和发展历程。本书发掘这些小说在叙事形式方面的特征，同时研究这些在当时流行一时的文学作品如何捕捉和再现社会的文化风貌，关注它们如何将其表现在伦理建构之上，对这种社会文化风貌进行收纳与抵抗，又怎样以文学话语的形式参与摄政时期文化价值观的形塑过程。本书以文本与历史的循环意义作为立足点，揭示出英国摄政时期小说的伦理结构与叙事形式之间的影响关系，研究那个历史时期内的小说怎样受到社会伦理价值取向变化而在小说叙事形式上产生作用，同时也研究那些小说叙事如何在话语层面影响和推动英国摄政时期伦理价值取向的逐渐演变。本书注重整体与局部的关系，不仅从叙事形式角度分析研究摄政时期单部作品中的伦理结构，还在更广的范围内揭示不同作品在伦理问题上超越单个文本的总体特征，力图从整体上深入理解英国文学这段特殊历史时期内的文化动向和文学面貌。

本书对长期以来国内外学界不少批评家将写作和发表于英国摄政时期的小说等同于"浪漫主义小说"的理论混乱做出回应和澄清。英国社会在摄政时期的文化风貌与其他历史时期大有不同，那是一个优雅与颓废并存的时代，它既有取得拿破仑战役全面胜利并站上欧洲之巅的民族辉煌，又有因奢靡浮华和道德尺度松弛而受到的世人批评。本书旨在较为体系化地研究英国摄政时期最有代表性的小说，纳入本书研究范围的都是对摄政时期英国民众生活产生巨大影响或者在文学史上有着显著贡献的作品。相较于 18 世纪而言，小说在摄政时期有了新的发展，小说的文学特性得到了进一步巩固，类型虽然没有后来的维多利亚时期那么细致繁多，但也表现出了几个较为明显的主流趋势。

第一章总论英国摄政时期小说的整体图景。然后从伦理结构和叙事形式角度出发，根据小说类型，分为几个方面进行研究。

第二章关注情感与婚恋小说。情感与婚恋小说是摄政时期极为流行的题材。该章从叙事形式的话语层技巧选择出发,研究小说叙事进程中不同叙事技巧如何在伦理维度产生道德建构作用。该章讨论弗朗西斯·伯尼(Frances Burney,1752—1840)的《卡米拉》(*Camilla*,1796)和简·奥斯丁的《爱玛》(*Emma*,1815)之间的继承与发展问题。《爱玛》在叙事技巧和道德价值评判方面均成为所在时代的高峰。笔者拟从道德执念的进化角度考察奥斯丁叙事行为背后的意识形态底色。

第三章和第四章聚焦民族与历史小说。民族与历史小说在摄政时期文坛占据着极其重要的地位,涉及爱尔兰、英格兰和苏格兰三个民族之间的融合与冲突历史。第三章分析玛利亚·埃奇沃思的《拉克伦特堡》(*Castle Rackrent*,1800),关注这本描写爱尔兰贵族家庭四代生活经历的短篇世家小说。埃奇沃思着眼于历史,从拉克伦特家族百年间由盛转衰的故事切入爱尔兰民族和大英帝国之间更加宏阔的恩怨纠葛。第四章聚焦摄政时期民族与历史小说的代表作——司各特的《威弗莱》(*Waverley*,1814),从市场经济体制下的道德情操角度进行讨论,剖析历史小说崛起这一历史潮流背后所存在的资本推力,论述司各特文学创作活动跟市场经济之间的密切联系。

第五章探讨哥特小说。哥特小说是 18 世纪末、19 世纪初英国最流行的文学样式之一,在所有小说类别中,它和同时代的浪漫主义诗歌理念有着最多的契合之处。该章从叙事形式的嵌入叙事与可靠性等角度进行探讨,发掘小说在道德价值判断维度存在的含混特征,分析了约翰·威廉·波里多利的短篇小说《吸血鬼》("The Vampyre",1819)和玛丽·雪莱的经典作品《弗兰肯斯坦》。《吸血鬼》开创了世界文学史上著名的吸血鬼文学类型。《弗兰肯斯坦》无疑更为知名,不论是从叙事还是伦理维度,国内外学界都已有充分研究。本书无意回避这个现象，试图从认知叙事的角度重读经典，从嵌入叙事框架出发，分析叙事进程中不同叙述距离对读者阅读和认知行为的影响，进而研究这种叙事风格所标示与建构的伦理语境。

第六章讨论幽默讽刺小说。这类小说在英国有着源远流长的历史。到了摄政时期，英国社会与文坛的风气发生了变化，一些具有严肃道德感的作家越发在作品中注重文学的教诲功能，批评虚假浮躁的文体和体裁，由此导致幽默讽刺小说开始盛行。该章分析了查尔斯·狄更斯(Charles Dickens, 1812—1870)出版于摄政时期末年的《匹克威克外传》(*The Pickwick Papers*, 1837)。这部作品写于摄政时期结束时，此时维多利亚时期的历史帷幕已经开启。本书从修辞叙事角度出发进行研究，分析小说连载形式跟读者阅读伦理之间的互动，试图揭示以狄更斯为代表的新时期作家采用这种叙事形式行为背后可能存在的伦理考量。

第七章关注摄政时期的反浪漫主义潮流。在摄政时期英国文坛大放异彩的是浪漫主义诗歌，这一时期的小说也有很多打上了浪漫主义烙印。与此同时，以《爱丁堡评论》(*Edinburgh Review*)为代表的文学评论带有明显的反浪漫主义倾向，这种文学价值取向并非出于纯文学品位评判，而是在深层次上适应了辉格党人在文化领域推行巩固自身政治地位的文化策略。《爱丁堡评论》等文学杂志参与到了 19 世纪初期英国资产阶级和贵族阶层文化领导权的战争之中，其中的反浪漫主义取向在一定程度上操纵了英国 19 世纪前期的主流文化与文学评论话语，按照资产阶级的兴味在审美意识形态上塑造了英国年轻一代的文化价值观，为维多利亚时期的黄金一代小说家提供了文化滋养力。

国内外学术界关于英国 19 世纪前期小说的研究，基本上都是以主题为横贯模式的文化和伦理研究。而本书从叙事学角度出发，将其作为研究的纵贯线条,以此形成一个比较有连续性的整体。本书想要在主题与叙事技巧分析之间取得平衡,并且在各章之间保持紧密联系,这种从技巧切入主题的方法将使得整个研究形成一个更加有机的整体,使技巧和主体之间互相呼应,改正学术界常见的主题导向型单向度研究模式平面化的缺点。本书分析不同文学作品中所体现出的伦理建构意义,利用叙事学理论作为支撑,使这些看似凌乱的不同断面形成互相吸引的意义矩阵,同时又保持各个部分的相对独立性;试图扬弃传统研究方沄中过分重视统摄全局的大一统主题方式,使之更为契合现代文学批评的理念。

　　本书从文学伦理学与叙事理论两个角度切入,对英国摄政时期小说进行复合型研究。研究过程中采用的具体方法是细读文学文本与发掘史料文本,将其放置在历史话语场域和伦理环境之中考察互动与塑造过程,从小说叙事话语的局部意义碎片揭示隐匿在背后的历史整体;从英国摄政时期小说中选取最具有代表性同时又是相互关联的小说,涵盖这段历史时期的早期、中期和晚期整个过程。针对每部小说,在主题方面以文学伦理学批评为横轴,如探讨伦理环境、价值判断、伦理选择、伦理结构、伦理困境等问题;同时以叙事学理论视角作为纵轴切入,如采用叙事进程、叙事模式、叙事套路、连载形式与阅读伦理、叙述权威以及叙事可靠性等角度。如此一来,这些研究角度之间就有了一个共同的向心力,即英国摄政时期小说的伦理建构意义和整体走向轨迹。

第一章　守成与变革：
英国摄政时期小说图景

1788 年入秋后，英国宫廷和坊间一直在传国王乔治三世生病的流言蜚语。乔治三世性格平和朴实，勤于政务，体恤人民，还分外重视农耕，人送外号"农夫乔治"。到了 10 月底、11 月初，乔治三世的健康状况每况愈下，身体近乎崩溃，无力履行君主职责。英国上层政要开始讨论由威尔士亲王来摄政的议题（Derry，1963：11-20），是为乔治三世时期的第一次摄政危机。此时主持政局的是英国史上最年轻的首相小威廉·皮特（William Pitt the Younger）。小皮特于 1783 年 12 月 19 日就职，是托利党的党魁。[①] 他怕威尔士亲王摄政以后重组政府，遂提出渐进式摄政方案。支持威尔士亲王的埃德蒙·伯克（Edmund Burke）和反对党领袖查尔斯·詹姆斯·福克斯（Charles James Fox）等人则坚持即刻全权摄政。在双方僵持不下之际，乔治三世慢慢恢复了健康，得以继续总揽朝政，危机暂时解除。此后，乔治三世始终无法摆脱疾病的威胁。他的精神疾病在 1801 年和 1804 年两次复发，到 1810 年年底病情彻底失控，痊愈无

---

　　① 　小皮特这次组阁终结了辉格党把持朝政超过半个世纪的局面，托利党在近 50 年间（1783—1830）一直占据了英国政坛的中心舞台（1806—1807 年辉格党的威廉·格伦维尔曾短暂组阁）。这是英国历史上代表土地贵族利益的托利党连续执政时间最长的时期。

望。英国国会和宫廷在 1810 年 12 月正式启动了 1788 年摄政危机时就已基本制定的渐进过渡式摄政预案。1811 年 2 月 5 日,议会的上下议院表决通过了"摄政法案"(Regency Act),48 岁的威尔士亲王被授权正式代理朝政,成为摄政王,英国正式进入摄政时期。

第一节　英国文学正在起变化：司各特的写作转型

　　摄政王是一个颇有争议的历史人物,年轻时代纵情声色犬马,挥金如土,过着颓废浪荡的日子。中年以后发福,臃肿不堪,只顾贪杯享乐,私生活放纵,在政治方面心无谋略,不理政务,在英国朝野的口碑很差。然而摄政王却又是英国历史上很有存在感的君主,他将自己的个性深深地烙印在时代里。自他 1810 年年底摄政到 1820 年登基为乔治四世的这 10 年间,英国经济飞速发展,国力强大,打败了不可一世的拿破仑,成为欧洲霸主,一举扭转了英国多年备受法国霸凌的局面,英国上下恍惚间有种盛世到来的光景。摄政王治下的英国社会有别于之前其父亲乔治三世治下谦恭肃穆的景象,亦没有维多利亚时期大国崛起的雄壮气象,它以奢侈浮华著称于世,"通常被视为一个在社会和艺术维度均呈现优雅、时髦和精致风格以及炫富的时代"(Smith, 1999：132)。对英国文学界来说,摄政王是一位难得的君主。他对建筑、文学和各种艺术都非常感兴趣,以金钱或者皇家声誉背书,大力资助各种新兴艺术和高雅文化的发展,以个人品位引领了英国文学艺术发展的潮流。罗杰·富尔福德(Roger Fulford)认为,"要论推动英国生活艺术,摄政王的功劳可谓前无古人,亦后无来者"(转引自：Smith, 1999：132)。摄政王(威尔士亲王)对文学的热爱自青年时代就已开始。年轻的威尔士亲王在伦敦夜夜笙歌,身边围着乔治·布莱恩·布鲁梅尔(George Bryan

Brummell)等一大批纨绔子弟,他们穿着精致优雅,生活奢华挑剔,行为乖张,举手投足之间带着上层社会特有的高傲冷漠之貌。威尔士亲王和他的朋友们带动了英国社会浮华之风的盛行。

1811 年 2 月 6 日完成宣誓仪式、执掌朝政之后,摄政王还是故作姿态地谦恭肃穆了一段时间,断绝了跟布鲁梅尔等人的往来,他也想尝试开始一个新时代。① 此时的英国天气特别寒冷,暴雪刚过,泰晤士河都少见地封冻起来。在英国北部的爱丁堡南郊,天气越发冷冽。40 岁的诗人沃尔特·司各特通过报纸、书信和伦敦上流社会的闲谈交际密切关注乔治三世的病情和英国宫廷的摄政危机,他支持当时的首相斯宾塞·珀西瓦尔(Spencer Perceval)主张的过渡式摄政方案(Scott,1894a)。司各特是当时社会名流,跟爱丁堡和伦敦各界人士交往密切。此时的司各特已经名满天下,但他还无缘结识摄政王。② 大半年前他出版了《湖上夫人》(*The Lady of the Lake*),数月之间就卖出了 2.5 万册,受欢迎的程度超乎想象。司各特那时已经发表了大量诗作,被罗伯特·骚塞(Robert Southey)称为"当世第一诗人"(Southey,1850:41)。③ 此时他基本都待在爱丁堡南郊爱史斯蒂尔家里,为写作长诗《唐·罗德里克的幻想》(*The Vision of Don Roderick*)搜索枯肠,进展并不顺利。那几年司各特一直在思考文学创作转型的问题。1810 年 8—9 月,他把自己新近续写了几章的小说《威弗莱》的部分手稿送给了友人威廉·厄斯金

---

① 可惜他并没能坚持多久就故态复萌,重回放纵享乐的秉性,筹备数月于 6 月 19 日办了一个极尽奢华的 2000 人宴会,庆祝摄政。

② 司各特直到出版《威弗莱》之后才在 1815 年春得到摄政王的接见,并得到他的青睐。在 1820 年摄政王登基之后,第一个得到封赏爵位的人就是司各特。1822 年夏天乔治四世访问苏格兰时,司各特全程负责国王巡访之旅的仪仗安排,备受恩宠。具体可参见:陈礼珍,2017."身着花格呢的王子":司各特的《威弗莱》与乔治四世的苏格兰之行. 外国文学评论(2):27-43.

③ 1813 年司各特拒绝了以摄政王名义讨赏"桂冠诗人"的提议,后由骚塞担任。

(William Erskine)和出版商詹姆斯·巴兰坦(James Ballantyne)征求意见。早在 1808 年,他就开始构思和写作这部小说了。巴兰坦他们对这部小说的评价并不高,司各特为此颇为苦恼。更让他心绪不宁的是,房子租约期限将至,他不得不四处找房。他发现不远处英格兰和苏格兰边境的特威德河畔有处百余英亩的农庄。数月后,他以总价 4000 英镑(向长兄约翰借款 2000 英镑)的价格买下,并改名为阿布茨福德,完成了自己成为庄园主的梦想(转引自:Lockhart,1845:207)。此时身为诗人的司各特不会想到数年后他正在写作的这部《威弗莱》会成为摄政时期最有轰动效应的小说,不会想到他将成为 19 世纪前期英国小说销量之王,[①]更不会想到此时手头并不阔绰的自己未来会在购置和扩建阿布茨福德庄园上投入超过 6 万英镑的巨资。此时司各特还没有下定决心放弃诗歌向小说转型,但他一直在琢磨和思考,同时他也在关注英国书市和各种文学杂志的最新动态,等待发现合适的题材和时机,以图一鸣惊人。

第二节 历史潜流之下:奥斯丁与英国小说的道德传统

如果说 1811 年 2 月的司各特已经站在英国文学舞台的聚光灯下,那 36 岁的简·奥斯丁则还潜藏在英国文学大潮的潜流深处,完全不为人所知。那时的她,正安居在英国南部汉普郡查顿村的家

---

① 文史学家威廉·圣克莱尔(William St. Clair)指出,司各特的小说销量在当时英国的文学市场是现象级的,动辄开售即达近万册,相比之下,即便到了 1850 年左右,包括奥斯丁在内,没有任何近世作家的单部作品有累计超过 8000 本的销量,而司各特有好几本小说开售第一周便超过了这个数目(St. Clair,2008:43)。

中。① 一个多月前，一场史上罕见的大龙卷风刚刚袭击了附近的村镇，奥斯丁家乡受灾严重，一片狼藉。尽管如此，奥斯丁这段时间也有几件聊以快慰人生的喜事。她的小说《理智与情感》(*Sense and Sensibility*)在几个月前刚刚跟伦敦书商托马斯·易格顿(Thomas Egerton)谈妥，即将上市发行，这意味着她马上就要成为职业作家，了却多年的夙愿。此时写作意兴盎然的她又开始构思写作一部新小说《曼斯菲尔德庄园》(*Mansfield Park*)，并盼望着 3 月跟兄长爱德华一起动身前往首都伦敦(Baker, 2008：606)。奥斯丁十一二岁就开始写诗，17 岁开始尝试写小说，当时父亲送她一本用于写作的笔记本，在扉页为她题词——"一位年轻女士用喷薄的想象力和全新风格写就的故事集"(Nokes, 1997：129)。奥斯丁对当时流行的伤感小说和哥特小说感到厌倦，她一直有自己的写作理念，想要描写英国乡村士绅阶层青年男女的恋爱与婚姻。22 岁时，奥斯丁写好了小说《人生初见》(*First Impressions*，后改名为《傲慢与偏见》)，可是直至此时还被锁在抽屉里。28 岁那年，她将写好的另一部小说《苏珊》(*Susan*，后改名为 *Northanger Abbey*，即《诺桑觉寺》)以 10 英镑的超低价格卖给了伦敦出版商理查德·克罗斯比(Richard Crosby)，却始终未能付梓，让她备感失望。这时的奥斯丁只是汉普郡乡下一个再普通不过的大龄"剩女"，除了亲戚朋友和邻居之外，几乎没多少人认识她。奥斯丁志忑不安地憧憬着自己的职业作家之路，满怀期待，盼望着这部即将发行的小说可以大卖，并获得批评界的青睐。

　　当司各特还在对自己从诗人句小说家的身份转型犹豫不决之

───────────────

　　① 　在父亲于 1805 年去世以后，奥斯丁跟母亲和姐姐卡桑德拉一起离开了故乡史蒂文顿，几经周折之后，三哥爱德华给她们在查顿购置了住房安定下来。爱德华继承了表姑父托马斯·奈特的家产，经济较为宽裕。

时，奥斯丁已经在小说写作的大路上大踏步地前进了。这并非单纯个人性格使然，也不是历史的偶然。19世纪前期是英国小说走向成熟的时期，它上承18世纪小说兴起之时，下启19世纪中后期的维多利亚时期现实小说高峰。这段历史时期内最流行的文学形式是诗歌，涌现了华兹华斯、柯勒律治、骚塞、拜伦、雪莱、济慈等一大批诗人。小说这种文学体裁自18世纪在英国文坛兴盛以来，一直都被视为比诗歌更低级的文类。亚里士多德的《诗学》（*Poetics*）的影响源远流长，人们认为文学的不同文类间存在着一种天然的等级秩序。居于金字塔顶端的是史诗，然后是悲剧和喜剧。在18世纪下半期席卷欧洲大陆和英国的新古典主义思潮基本沿袭了这一区分，约翰·德莱顿（John Dryden）和塞缪尔·约翰逊博士（Dr. Samuel Johnson）都在这方面有过相关论述，并逐步发展出了文类和题材相匹配的"得体"（decorum）理念，处理宏大和严肃主题的史诗、悲剧和历史被归为高文类（high），长于幽默表述琐碎日常主题的喜剧、讽刺诗、哑剧则被归为低文类（low）（Rutherford，2005：9-10）。英国小说家们当然不会轻易地任人贬低自己的职业，他们想了很多办法提高小说的地位，比如说亨利·菲尔丁（Henry Fielding）在《约瑟夫·安德鲁斯》（*Joseph Andrews*）的序言中就将自己的小说称为"散文体的喜剧史诗"（comic-epic in prose）。

自从丹尼尔·笛福（Daniel Defoe）、塞缪尔·理查逊（Samuel Richardson）、菲尔丁以来，众多18世纪小说家在为自己的小说取名时都喜欢为自己的虚构故事带上"史"（history）和"传"（life）的厚重意味。不仅英国如此，小说在其他国家的情况也差不多。黑格尔就曾将小说称为"现代资产阶级的史诗"（the modern bourgeois epic）（转引自：Robertson，2012：343）。到了摄政时期，各种文类之间的界限逐渐变得模糊，有了错综复杂的重叠和衍生，但出身高贵或者学识渊博的作者通常还是将诗歌作为文学生涯的第一选择。作为新兴的文类,小说被一些文人视为末技,他们认为那是供中下层民众、女人们阅读消遣之物,难登大雅之堂,因此从事小说写作,尤其是成就卓著的男小说家并不多。据安东尼·曼德尔(Anthony Mandal)统计,在1810—1820年出版5部以上小说的作家有18位,其中15位是女作家(Mandal,2007:29)。马文·马德里克(Marvin Mudrick)在《简·奥斯丁:作为辩护和发现手段的讽刺》(*Jane Austen：Irony as Defense and Discovery*)中指出:"十八世纪最后二十五年的英国小说几乎完全为妇女所垄断,范妮·伯尼和拉德克利夫太太只不过是她们当中的杰出代表;简·奥斯丁是反对当时小说领域女性感情潮流的唯一女作家。"(转引自:鲁宾斯坦,1987:412)即便现实情况如此,也并不意味着当时成为一名女作家是一件多么令人骄傲的事情。1837年3月12日,已雄踞英国桂冠诗人之位长达20余载的骚塞写给夏洛特·勃朗特(Charlotte Brontë)的回信中仍然还在告诫她:"文学不能,也不该成为女人的终身事业。"(Southey,2008:6)①

　　英国小说自诞生之日起就带有道德上的自卑情结。小说这种新的流行文学形式在当时文化知识界的地位是比较低的。约翰逊博士在18世纪中期认为读小说是无用的,是浪费时间,读小说的人大都是"少不更事之人、无学识之人和无所事事之人",道德家们对小说评价更低,认为小说扰乱人心,不利于道德修养的提升,读小说"往好里讲是浪费时间,往坏里讲是滋生邪恶"。(转引自:Hunter,1996:20-21)约翰逊博士是新古典主义学者,他对希腊罗马文化和古典作品的推崇可以理解。道德家们对小说的负面影响在现在看

---

　　① 夏洛特·勃朗特20岁时担任西约克郡乡下寄宿学校的一名教师,她对写作满怀热情。1836年12月29日,她冒昧地将诗作呈送给骚塞求教为文之道。骚塞的这封回信受到了女权主义者的强烈批判。其实如果仔细阅读书信全文,就会发现骚塞是对年轻作家的善意劝诫,并非刻意歧视女性或者轻视女性作家。

来有些小题大做，但在当时的历史景况下，这种言论对小说的发展是很不利的。到了19世纪初，情形已经有所改善，奥斯丁、司各特等小说家都对道德有了执念，他们在小说中讨论个体与社会、历史之间的互动联系，带着高度的道德热忱投入写作，试图通过自己的虚构叙事为英国读者提供道德教诲作用。就文学与伦理之间的关系而言，"文学伦理学批评认为文学的基本功能是教诲功能，而文学的作用是文学功能发挥的作用，这就从逻辑上决定了文学的核心价值是伦理价值"（聂珍钊，2014a：13）。玛丽莲·巴特勒（Marilyn Butler）指出，"在她（奥斯丁）的时代，小说的形式本身引起了一种极其重要和迫切的追问：何为个体的道德本质，何为他在社会中的真正作用。任何回避或者根本就没有感受到这个问题的作者都是艺术上的跛足者"（Butler，1975：298）。颇让人感到意外的是，写作于社会风气奢侈浮华的摄政时期的小说却大都表现出了作者在道德上很强的执念。

奥斯丁的小说从一开始就将读者和批评家的眼光吸引到她的道德执念上来。安德鲁·桑德斯（Andrew Sanders）看到了这一点，他指出："在奥斯丁的全部小说中，特别是后期的三部小说《曼斯菲尔德庄园》（*Mansfield Park*，1814）、《爱玛》（*Emma*，1815）和《劝导》（*Persuasion*，1818）中，她迫使读者参与有条不紊的学习、权衡和判断的道德过程，参与依据理解进行判断这一原则的逐渐确立。"（桑德斯，2000：542）从这个意义上来说，奥斯丁的恋爱婚姻小说贯彻了古罗马诗人贺拉斯以降西方文学传统中广为人知的"寓教于乐"原则，试图对当时的读者进行道德教诲。读书对于心智培育的重要作用无须多言。培根早在《论读书》（"Of Studies"）里就有了详尽论述，读史、读诗、读数学、读科学、读伦理学等均能医治心智方面的各种缺陷，正所谓"凡有所学，皆成性格"（Bacon，1985：153）。读书不仅是一种个人体验，同时也是培育心智的社会活动。文学阅读可以促进心智培育，同时经过培养的心智又能进行主动产出，对文学作品做出解读、分析与评判。从这个意义上来说，文学阅读和心智培育二者是一个互惠互利的循环过程。

自英国文学肇始以来，主流作家在作品中基本都体现了宗教和道德这两条脉络的交汇。在希腊传统和希伯来传统中，智慧和德行都是互为表里，缺一不可的。在古希腊时代，智慧和美德就密不可分。柏拉图继承了苏格拉底的思想，在《理想国》中提出了四种主要德行：智慧、勇敢、节制和正义。弥尔顿用了《失乐园》整个第 9 卷来描写亚当和夏娃受撒旦诱惑，偷吃知识树（Tree of Knowledge，又译智慧树）果实的经历。亚当和夏娃正因为吃了知识树的果实才开启了心智，变得聪慧，得以分辨善恶。跟弥尔顿生活在同一个时代的约翰·班扬（John Bunyan）创作了《天路历程》（The Pilgrim's Progress）、《坏人先生传》（The Life and Death of Mr. Badman）等宗教寓言。它们讨论的都是"赎罪"这个西方文学史上重要的宗教主题，但追求的都是心灵的自由和道德的完善。《天路历程》用宗教讽喻（allegory）的形式表现好心、虔诚、贤惠、仁爱、忠信等人性向善的各种美德，以及如何避免世故、情欲、多舌、私心、吝啬等困扰心智的各种陷阱。《天路历程》可谓讨论处世智慧跟心灵智慧的典范之作。在弥尔顿和班扬身上可以看到中世纪以来神学思想的久远余音，宗教在心灵智慧中占据着至高无上的地位，道德依附于其上，并服务于它。

随着文艺复兴、人文主义思想、启蒙运动等高扬现代性的世俗化进程接踵而至，宗教心灵智慧逐渐退居其后，道德心灵智慧逐渐觉醒。以"人道"为核心的道德心灵智慧取代了以神的"天道"为核心的宗教心灵智慧，成为英国人精神生活和价值判断体系中的标尺。走出文艺复兴历史的尘埃，约翰·德莱顿、亚历山大·蒲柏（Alexander Pope）和约翰逊博士等生活在"漫长的 18 世纪"的英国文人都在心智培养的心灵智慧方面做出过重要论述,但是影响最深远的当属亚当·斯密(Adam Smith)的《道德情操论》(*The Theory of Moral Sentiments*)。《道德情操论》关注的落脚点是"公民的幸福生活",将同情心视为道德判断的核心要素,试图从伦理学角度讨论人应该如何克制私利,成为有益于他人与社会的有道德的人。与此同时,《道德情操论》将美德、智慧、正义、谨慎、公正、坚毅、仁慈等品格并重,其中使用次数最频繁的是智慧和美德。芳娜·福尔曼-巴兹莱(Fonna Forman-Barzilai)指出,亚当·斯密在此书以及其他著述中都谈论了人在道德和智慧方面的成长,其实这就是在传递心智培养的理念——"即便是西塞罗所称'普罗大众'或'智慧不全'的'中等'与'普通'资质之人都可以趋近智慧和美德,享有美好生活"(Forman-Barzilai, 2009：108)。文化和文学具有陶冶情操的功能。无论是亚里士多德的"净化"说,抑或是贺拉斯的"寓教于乐"思想,还是亚当·斯密的道德情操论,都将社会个体视为在心智上可以不断被培养完善的潜在对象。

科学认知能力和启蒙思想的不断发展让英国人不断对宗教产生"祛魅"效应,总体趋势是宗教心灵智慧的退隐和道德心灵智慧的崛起。但它们在英国历史上是两条交错纠缠、相伴而行的脉络,并非简单的新旧交替问题,不同时代会有不同景况。即便到了英国国力强盛的摄政时期,它们还在不断复返和争斗。如果我们将目光拓展到19世纪初期的英国文坛,就会发现奥斯丁和她同时代小说家的道德智慧和道德执念产生的历史语境。当时英国小说发展的两条主线是"哥特小说"和"感伤小说"(鲁宾斯坦,1987：409)。安·拉德克里夫(Ann Radcliffe)和马修·格里高利·刘易斯(Matthew Gregory Lewis)、布莱姆·斯托克(Bram Stoker)等人开创的哥特小说是1780年至1810年间英国小说界最流行的题材(Heinen, 2017：231),进入19世纪以后却多年没有佳作出现。以劳伦斯·斯特恩

(Laurence Sterne)、奥利弗·哥尔斯密(Oliver Goldsmith)、亨利·麦肯齐(Henry Mackenzie)等人引领的情感主义小说(sentimental novel)更是已经有日落西山的景况。

情感主义小说在18世纪下半期的英国文坛占据了主流地位。情感主义哲学思潮横扫了欧洲,顺其自然地成为当时英国文学艺术中的显学。沙夫茨伯里伯爵三世(The Third Earl of Shaftesbury)的道德情感哲学、亚当·斯密的《道德情操论》都对情感主义的盛行起到了重要推动作用。当时英国情感主义思潮的哲学源头主要是约翰·洛克(John Locke)、大卫·休谟和弗兰西斯·哈奇森(Francis Hutcheson),而在生理学上的渊源则与理查德·布莱克摩尔(Richard Blackmore)和乔治·切尼(George Cheyne)等人的医学研究密切相关(Bellamy,1998:129)。情感主义在18世纪下半期的英国小说领域经历了演变与发展,理查逊、斯特恩等人都强调情感,但是他们的情感主义风格各有特点:"理查逊擅长描述的是挽和着眼泪的动情的道德意义(如帕梅拉的情感波动),而斯特恩喜欢玩弄的则是挽和着幽默的同情和怜悯本身,因为他似乎缺乏形而上的习性。所以,斯特恩的情感主义不等于理查逊以道德为中心的情感主义,甚至也不同于托马斯·格雷(Thomas Gray,1716—1771)浸透着悲伤的感伤主义。"(曹波,2009:188)到了18世纪末,情感主义思潮跟婚恋主题结合,产生出一大批以此为主题的小说和戏剧。

19世纪初期的英国小说界呈现出青黄不接的现象。当代知名小说家伯尼和埃奇沃思等人已经多年没有可以带来轰动效应的作品出版了,但是女作家开始成为英国小说界的主流。卡罗尔·希尔兹(Carol Shields)指出,"小说的出现,恰逢女性文化水平广泛普及,从而使它成为唯一一种女性可以由始至终参与其中的文学形式。事实上,小说的瞬间流行,赋予了它某种自卑情结。它含蓄地探讨道德问题,体现形形色色复杂的人性,这使它有别于更为正式的传统散文"(希尔兹,2014:31)。此时英国出现了伊丽莎·帕森斯(Eliza Parsons)等一大批女作家,她们占据了英国小说界的主流,比较关注家庭生活。西德尼·欧文森(Sydney Oweson)和简·波特(Jane Porter)等人零星写了一些以历史和民族为题材的小说,在小说界引起了一定的关注。随着摄政时期在1811年正式揭开序幕,英国小说的情况也在悄悄起着变化。

第二章　从《卡米拉》到《爱玛》：
道德执念的进化与意识形态底色

英国文学史上流派众多,群星璀璨、人才辈出,有的在当世享有盛名,过后便逐渐归于黯淡与沉默,有的则经历过时间披沙沥金之后声誉一直长盛不衰。奥斯丁无疑是后者。伊莱恩·肖瓦尔特(Elaine Showalter)在《她们自己的文学》(*A Literature of Their Own*)一书中曾对 19 世纪女性作家版图做过极为精彩的概括:奥斯丁高峰(the Austen peaks)、勃朗特峭壁(the Brontë cliffs)、艾略特山脉(the Eliot range)、伍尔夫丘陵(the Woolf hills)(Showalter,1977:vii)。肖瓦尔特这段点评简洁明了,又贴切透彻地描绘出这几位作家在 19 世纪女性作家群体中的超然地位,恰如其分地形容出奥斯丁的巍峨超拔、勃朗特姐妹(the Brontë sisters)的孤鹜险峻、乔治·艾略特(George Eliot)的雄浑磅礴以及弗吉尼亚·伍尔夫(Virginia Woolf)的柔婉延绵。在这几位作家中,奥斯丁最为年长,写作生涯基本处于乔治三世和摄政王时代,勃朗特姐妹和艾略特生活在维多利亚时期,伍尔夫则更为晚近一些。通览奥斯丁跟其他几位作家的作品可以发现,她的小说中描写的历史氛围和生活场景别有特色,她的小说中随处可见英国摄政时期浮华放纵的社会风气,既洋溢着青春浪漫的气息,又有对生活与人生的深刻洞察,用讥诮的语气、丰沛的笔力和精致的谋篇布局揩写出摄政时期英国社会一片中正平和的景象。奥斯丁的文学声誉在她生活的年代并不算太高，销量算尚可①，历史上有过起伏变化，总体而言，呈现的是稳步上扬的趋势。到了20世纪下半期，她更是成为英国小说中奇迹一般的存在，在世界范围内极受欢迎，在批评界和读者界都享有极高赞誉。毫不夸张地说，如今奥斯丁是英国摄政时期小说界知名度最高和最受欢迎的小说家。

在正式谈奥斯丁之前，我们先来检视一下她所在时期的小说传统，将她放在英国女性作家的阵营之中加以总体考察，来探寻这位摄政时期小说集大成者的文脉渊源。奥斯丁固然天纵英才，与当时的文学家们没有太多交往，但是她也并非超然世外。她在小说理念和技巧上也是学有所宗的。哈罗德·恰尔德(Harold Child)认为奥斯丁的文学师承关系较为清楚，她的文学基因源于笛福、《旁观者》(*The Spectator*)期刊上的《罗杰爵士故事集》(*The Sir Roger de Coverley Papers*)、菲尔丁和理查逊的小说、威廉·考珀(William Cowper)的诗歌和乔治·克拉布(George Crabbe)的诗性散文；除此之外还有一个较为显在的先辈就是弗朗西斯·伯尼，伯尼给了她前进的动力，也教会她将目光聚焦于家庭生活(Child, 1970：231)。要谈奥斯丁的小说传承脉络，伯尼当然是一个绕不开的话题。正如F. R. 利维斯(F. R. Leavis)的《伟大的传统》(*The Great Tradition*)在研究乔治·艾略特、亨利·詹姆斯(Henry James)、约瑟夫·康拉德(Joseph Conrad)和狄更斯之前，开篇从奥斯丁谈起，将她视为英国小说伟大传统中承前启后的重要节点(利维斯，2002)，在本章讨论奥斯丁之前，我们也从她的先辈弗朗西斯·伯尼谈起。

---

① 可参见后文关于摄政时期小说家奥斯丁和司各特、玛丽·雪莱等人作品具体销量数字的分析。

第一节 《卡米拉》的青春梦与审慎道德观

1796 年六七月之交的英国，时值夏季，风光明媚，正是一年中的好光景。成名已久的女作家弗朗西斯·伯尼在伦敦出版了小说《卡米拉》。21 岁的简·奥斯丁风华正茂，但她却偏偏为情所困。她跟倾慕的爱尔兰年轻律师汤姆·勒弗罗伊（Tom Lefroy）的一段短暂恋情被对方家长拆散，尝尽青春的苦涩。这年 10 月，她开始动笔写作《傲慢与偏见》。这部作品最早的名字是颇为应景的《人生初见》（Morrison，2005：39）。奥斯丁此刻或许并没有预见到自己酝酿的这部小说会成为英国小说史上光华璀璨的永恒经典。英国小说自 17 世纪兴起以来，就是英国文坛极受欢迎的品类，从笛福到菲尔丁，从理查逊到斯特恩，一个个闪亮的名字，在历史的星空中熠熠生辉。利维斯认为菲尔丁开创了英国小说的伟大传统，奥斯丁"循此而来"，真正构成英国文学史上重要脉络的是"理查逊—范妮·伯尼①—简·奥斯丁"（利维斯，2002：5-8）。在利维斯看来，简·奥斯丁是英国小说传统中的脊梁，但那是写完《傲慢与偏见》《理智与情感》和《爱玛》等 6 部长篇小说之后成熟而完美的奥斯丁。在 1796 年的那个夏天，奥斯丁住在乡下，深居简出，已经写了不少文字，但是还没有正式出版过任何作品，只是个热爱文学的女青年，是英国文坛的无名之辈。

对伯尼而言，生活又是另一种境况。此时的她年过四旬，在英国文坛深耕多年，已出版了 8 部作品，是英国颇有名气的小说家。她在 26 岁时出版的《伊芙莱娜》（Evelina，1778）和 30 岁时出版的

---

① 即弗朗西斯·伯尼。

《塞西莉亚》(Cecilia，1782)备受欢迎。伯尼的作品一改文学先辈阿芙拉·贝恩(Aphra Behn)的《奥鲁努柯》(Oroonoko，1688)的历史题材类型，不再描写奴隶制、种族、自由、暴动、殖民等政治话题。伯尼在一系列作品中将注意力聚焦在英国中上阶层女子进入上流时髦社会的成长经历，用笔温文尔雅，情节舒缓细腻，语气轻松幽默。学界对《伊芙莱娜》评价很高，经常将其视为英国"风俗喜剧"(comedy of manners)创始阶段的重要标志物，认为它影响了后世众多女作家。不仅如此，伯尼在英国的时髦社会还有一定知名度，在英王乔治三世的宫廷侍奉过夏洛特王后。伯尼得到了乔治三世和夏洛特王后的许可，将她的第三部小说《卡米拉》题献给王后，并在新书首发后立刻专程前往温莎城堡将书送呈国王御览(Barrett，2013：46)。

伯尼将写作注意力放在中上层青年女子身上，描写她们的家庭和婚恋生活，这从几部代表作的标题可以很清楚地看出端倪。伯尼在此之前出版的《伊芙莱娜》的副标题为"一位青年女士的入世之路"；《塞西莉亚》的副标题为"一位女继承人的回忆录"；《卡米拉》的副标题则是"青春画像"，第一章名为"一幕家庭场景"，不仅为全书奠定了基调，也昭示了后来19世纪英国家庭现实主义(domestic realism)浩荡的历史潮流。小说女主角卡米拉的父亲泰罗尔德先生是一个牧师，出身于贵族家庭，家族世袭的从男爵爵位和家业都由兄长修·泰罗尔德继承。伯尼用鸡汤式人生哲理引出故事："但凡疲惫年老之人、生病不悦之辈皆宜静，年少而果敢者则受惠于危困与险阻。"(Burney，1999：9-10)修·泰罗尔德给卡米拉父亲来信，声称自己年老体弱，想搬到离亲人近一点的地方共度余生，由此引出全书故事。伯尼在小说中主要描写了四个青年女子，除了女主角卡米拉之外，还有她的姐姐拉维妮娅、妹妹尤金妮娅和堂妹印第安娜。

跟奥斯丁小说优雅明快的语言和简洁流畅的情节设计比起来，

伯尼在《卡米拉》里的叙事风格稍显滞涩拖沓，故事节奏裁剪也未能臻于完美。《卡米拉》出版后在评论界收到了不同的反响，人们对它的评价一直以来都存在较大分歧。以茱莉亚·爱泼斯坦（Julia Epstein）为代表的批评家阵营认为"《卡米拉》在叙事上比《伊芙莱娜》更饱满，审美上更加精致，其中情景多有变化，持续不断地回响和描述着那些禁锢青年女子的状况，伊芙莱娜就曾深受其害"（Epstein，1989：124）。而迈克尔·柯亨（Michael Cohen）等人则认为在《卡米拉》里面，"伯尼用了三个姐妹和一个堂妹来讲述她那个复杂而奇怪得毫无生气的故事，它告诉我们道德教育在人生早期阶段就极其重要，谗言蜚语会带来很多危害"（Cohen，1995：106）。从第一部小说《伊芙莱娜》开始，伯尼塑造的一系列女主角都是涉世未深的青年女子，她们都出身于中上层家庭，心地善良，也有中上之姿。《伊芙莱娜》和《塞西莉亚》的女主角都从乡下来到伦敦，离开农村的乡绅世界进入伦敦的时髦社会。伦敦的都市生活方式和上流社会的社交活动对这些自幼生长在农村的青年女子有着致命的诱惑，可是初来乍到的她们又往往对时髦社会的礼仪和钩心斗角显得无所适从。伯尼在她的小说中为读者展示了一个浪漫理想的图景：单纯善良的乡绅阶层的青年女子慢慢融入伦敦都市生活，在面对各种诱惑和丑恶之后，仍然能够葆有初始的纯真，最终找到属于自己的幸福。伯尼为万千生活在乡下却憧憬伦敦时髦生活的青年女子制造了一幕幕玫瑰色的人生幻象，同时也通过小说设置的种种矛盾冲突和负面人物，为她们提供道德劝诫，让她们知道如何更加理性地面对恋爱、财产、婚姻、家庭、友谊等重要的人生命题。

《卡米拉》在故事布局上有所突破。这次伯尼将故事发生地主要安排在英国乡村，关注乡绅阶层青年女子的成长和婚恋问题。这个话题尤其容易引起奥斯丁等英国乡村女子的共情。《卡米拉》出版以后，在英国文坛颇受欢迎。已有史料证明奥斯丁阅读过此书，而且还积极参加伯尼读者群的书友会(Harris, 2017:1)。关于奥斯丁对《卡米拉》的青睐与借鉴,学界已有不少研究。奥斯丁最早完成的小说《诺桑觉寺》(但直到 1817 年才出版)具有鲜明的反讽色彩。她在其中对当时英国文坛流行的哥特小说进行了讽刺挖苦,但是在第五章里却对伯尼的《塞西莉亚》《卡米拉》以及埃奇沃思的《蓓琳达》(Belinda)甚为青睐,用了一长段话来褒扬这几部作品(Austen, 1833:23)。《诺桑觉寺》堪称奥斯丁完成的第一部完整的小说,在这个羽翼还未丰满的年轻作家笔下,《卡米拉》的影子多处可见。待到奥斯丁写作《傲慢与偏见》和更加成熟的《爱玛》之时,《卡米拉》的女性成长主题和道德气韵仍然一脉相承。在奥斯丁笔下,无论是伊丽莎白·本内特还是爱玛·伍德豪斯,这些洋溢着青春活力的青年女子在道德判断上都比卡米拉更加洞明和练达。但颇有意味的是,奥斯丁似乎无意塑造完美的女主角:《傲慢与偏见》的女主角机智而有胆识,自尊心强,敢于追求幸福,但是她持有偏见,伶牙俐齿,言语之中锋芒毕露;《爱玛》的女主角聪明、漂亮又有钱,善良诚实,还乐于助人,可是她也有不少弱点,给人感觉自以为是和高傲自负。奥斯丁笔下的女主角为何不完美呢? 这是一个值得深入探讨的话题。

第二节 《爱玛》的女主角为何不完美

在 200 余年的批评史上,奥斯丁作品对道德、规矩和品格的关注早就引起了学界关注。长期以来,西方学界基本公认奥斯丁在创作取向上是一个保守的道德家(conservative moralist)。吉尔伯特·莱尔(Gilbert Ryle)在《简·奥斯丁与道德家》("Jane Austen and the Moralists")一文中认为奥斯丁不仅像大部分作者一样常规地关注道德问题，还是一个十足的道德主义者(thick moralist)，描写一些普遍甚至是关于人本性和行为的理论问题(Ryle，1971：286)。女性主义思潮兴起后，也有学者对她的道德取迳进行了重估。以茱莉亚·普鲁伊特·布朗(Julia Prewitt Brown)和玛格丽特·柯克翰(Margaret Kirkham)、艾莉森·萨洛韦(Alison Sulloway)等人为代表的阵营，将她视为女性主义道德家(feminist moralist)(Mazzeno，2011：111-112)。奥斯丁常年居住在汉普郡的小村史蒂文顿，作品描写的主要是自己比较熟悉的中产阶级婚姻家庭生活。她的小说大都运用反讽手法，站在一个较为中肯的道德立场批判英国社会生活中人们的自私、自利、自满等道德缺陷。综观奥斯丁的小说，她描绘的人物都有几个共同点："一是男女主人公的错误和失败都源自自我认知能力的缺少；二是他们的认知能力培养是在一个较长的过程内完成的；三是他们的认知能力不是火箭式直线提高的，而是在进退反复的过程中呈螺旋式上升。"(耿力平，2012:28)正如奥斯丁最有名的《傲慢与偏见》的标题所示，整部小说主线讲述的正是伊丽莎白和达西克服各自的傲慢与偏见，重新认识自己和对方，最后有情人终成眷属的故事。《爱玛》同样是关于女主角爱玛在爱情上如何从自命不凡到清醒认识自己的故事。

对于狄更斯、威廉·梅克比斯·萨克雷(William Makepeace Thackeray)、爱德华·布尔沃-利顿(Edward Bulwer-Lytton)，甚至是勃朗特姐妹和乔治·艾略特等维多利亚时期作家来说，他们深知自己时代的读者们热衷于快意恩仇，喜欢善有善报恶有恶报的小说情节，对道德的执着和探寻成为贯穿维多利亚时期文学圈的主旋律。相比之下，专注于描写乡村婚恋故事的奥斯丁固然很有才气，但是似乎也透出几分纤秀和机巧，她尤为擅长使用的自由间接引语可以很好地造成反讽效果，却也常常使她在作品中一些反面角色的刻画上显出几分刻薄的气息，她笔下的女主角通常都颇有心计，跟维多利亚时期一些单纯善良的女主角的人物设定有很大差距。

奥斯丁创作了玲珑精致的《傲慢与偏见》、稳健曲折的《理智与情感》、沉闷晦涩的《曼斯菲尔德庄园》、嬉笑戏谑的《诺桑觉寺》等作品，待到她写作《爱玛》时，已年近四旬，叙事驾驭能力趋于炉火纯青的境界。10 余年职业作家的历练，让奥斯丁形成了自己的风格，在题材上她专注于描写英国乡村士绅阶层生活，在叙事技巧上善用反讽和自由间接引语。她在《爱玛》里将自己独具特色的叙事风格发挥到了臻于完善的状态。约翰·亨利·纽曼（John Henry Newman）、玛格丽特·奥利芬（Margaret Oliphant）、A. C. 布莱德利（A. C. Bradley）、Q. D. 利维斯（Q. D. Leavis）、艾德蒙·威尔逊（Edmund Wilson）等众多批评家将它视为奥斯丁水准最高的作品，玛丽莲·巴特勒在她的《简·奥斯丁与思想之战》（*Jane Austen and the War of Ideas*）中将《爱玛》视为奥斯丁所在时代最伟大的作品（转引自：Baker，2008：97-98）。从叙事技巧角度而言，《爱玛》无疑是奥斯丁水准最高的作品。她在里面不仅沿袭了自己钟爱的乡绅阶层恋爱婚姻的叙事套路，而且较之以前的几部作品，她还在其中更加戏剧性地呈现了自己对青年女子情感世界的理解，塑造了一个并不完美的女主角爱玛·伍德豪斯。

阿诺德·凯特尔（Arnold Kettle）在《英国小说导论》（*An Introduction to the English Novel*）中分析《爱玛》时谈道："这部小说中的巨大道德热情，同简·奥斯丁的其他小说一样，无疑来自她对当时社会妇女问题的理解和感受。这种对妇女地位的关注，使她对婚姻问题的看法富有特色和说服力。这种关切是现实主义的，不带浪漫色彩，用正统的标准来衡量，是带有破坏性的。"（转引自：鲁宾斯坦，1987：413）凯特尔认识到了奥斯丁在《爱玛》中表现出来的道德热情和执念，这从她对塑造女主角形象时采取的叙事策略可以看出来。希尔兹指出，奥斯丁小说"每一位女主角都具有健全的道德观念,并渴望使之完善。这种愿望无须阐释,也不用辩解,不必在道德的两难境地苦苦挣扎,也无须历经艰苦方能领悟。只要性格沉稳、勇敢就能成功。举止完美、感情细腻,是奥斯丁极力主张她笔下的男男女女和阅读其作品的读者所应具备的先天素质"(希尔兹,2014:30)。就《爱玛》而言,希尔兹的判断似乎并不合适。《爱玛》的女主角在道德观念方面并不完美。跟其他几部小说不同,奥斯丁在《爱玛》里塑造的女主角具有较为明显的性格缺陷。上文提及,奥斯丁不仅对此早就了然于心,而且在开篇就特意将"有权随心所欲,还有点自视清高"这两个缺点向读者和盘托出。

　　《爱玛》全书讲述的是女主角在道德和爱情上的双重觉醒。她一直生活在幻想之中,认为可以把握自己的命运,凭借对爱情和生活的理解,可以让自己置身其外,还可以帮助哈丽特·史密斯和简·费尔法克斯选择婚姻。跟《傲慢与偏见》的伊丽莎白相比,《爱玛》的女主角似乎走了一条相反的道路。伊丽莎白虽然对达西存在偏见,但她从一开始就在心里将他视为潜在的婚姻对象,并且使用了一些女性特有的小心机去接近达西。而爱玛在相当长的一段时间内都没有结婚的意愿,并没有对奈特利先生有婚姻方面的想法。小说一开始,叙述者就点明奈特利先生和爱玛家相识多年,而且还是她姐夫的哥哥。叙述者展示了一段奈特利先生跟爱玛父亲的家常对话,寥寥几句就表现出他善解人意的绅士风度。然而在爱玛眼中,奈特利先生并不是这样的人,用爱玛自己的话来说,他"就喜欢挑我的刺儿——当然是开玩笑——纯粹是开玩笑。我们两个一向有什么说什么"(8)①。尽管爱玛故意将开玩笑这个借口强调了两次,读者仍然可以看出爱玛并不是开玩笑。奥斯丁并不打算让爱玛

---

　　① 本书所引《爱玛》的中文均来自以下译本:奥斯丁,2017a. 爱玛. 孙致礼,译. 北京:人民文学出版社. 后文出现时仅标注页码,不再另行做注。

的话牵着读者走太远，紧随其后，叙述者立刻说道"其实，能发现爱玛缺点的人本来就寥寥无几，而发现缺点又肯向她指出的却只有奈特利先生一人"（8）。叙述者无疑是在呼应开篇处提及的爱玛的性格缺陷这个话题，言下之意是奈特利先生跟叙述者一样也是明眼人，具有健全的道德价值观和正确的道德评判力。叙述者似乎觉得在刻画爱玛性格缺陷上面还不够，马上又加了一句"虽说爱玛不大喜欢别人指出自己的缺点，但她知道父亲更不喜欢别人说她的不是，因此便不想让他察觉有人并不把她看成十全十美"（8）。奥斯丁在这里使用了一个复杂的道德判断句式，既告诉读者爱玛不喜欢别人指出自己的缺点，又用曲笔将她为父亲着想的微妙心理描绘出来，为爱玛善解人意的优秀品格添上一分光彩。奥斯丁小说的魅力很大程度来源于此，她在人物（尤其是重要角色）塑造上常常采用均衡法，不让读者在阅读过程中对人物产生单一的褒扬或者贬斥情绪，在抑扬之间不断小幅度地运动，营造一种中正平和的道德态势和叙事氛围，给读者带来一种舒适合宜的道德体验。这种叙事方式可以创造出一种利维斯在《伟大的传统》中一再盛赞的"道德严肃感"（moral seriousness）。

迈克尔·麦基恩（Michael McKeon）指出，到了 18 世纪末，"个人，以及个人理念已经果断地得到提升""个人虚妄地认为自己已经创建社会，抵制社会侵扰，并从这些侵扰中构建自我"（麦基恩，2015：608）。奥斯丁让爱玛借着自以为是的脾气在故事中一错再错，在道德维度有意为女主角制造一种均衡，让读者意识到个人的价值判断经常是靠不住的。奥斯丁之所以让爱玛不断犯错，是由于更深层次的考虑：因为"使主人公犯错不仅能将其所受批评与羞辱与后面即将发生的婚姻进行平衡，从而堵住保守派批评者之口，还可为爱情发挥其社会与道德功能创造条件"（苏耕欣，2013：38）。奥斯丁这样做的目的不仅是出于对爱玛而言的均衡策略，而且是出于一种更大范围的均衡策略，这牵涉到奥斯丁以及她所代表的英国小说传统中的道德考量。

　　英国现实主义小说传统中的女主角大都出身于平凡家庭，一般是中产之家，不会大富大贵，亦很少出身于赤贫的劳工阶层。她们大都有中人之姿，甚少有倾国倾城之貌，亦不会面目可憎、丑陋不堪。这是现实主义小说女主角的标配设定。上至笛福、理查逊和菲尔丁，下至勃朗特姐妹、伊丽莎白·盖斯凯尔（Elizabeth Gaskell，常被称作盖斯凯尔夫人）、乔治·艾略特、狄更斯、萨克雷、安东尼·特罗洛普（Anthony Trollope）等人，莫不如是。从写作理念来说，现实主义想要描写的是普通人的日常生活，因此不需要像传奇小说、哥特小说、浪漫主义小说那样塑造一个远离俗世的、美得不可方物的女主角。"蛇蝎美人"（femme fatale）和"堕落女子"（fallen woman）这类道德原型一直隐现在英国文学的脉络之中。在现实主义风格作家的严肃笔触下，过于漂亮的女人通常都会对道德造成威胁，她们通常在道德上作为女主角的陪衬，以负面形象对照出现，如果以主角面貌出现，则往往导致男人在道德上犯错，例如笛福的《罗克萨娜》（Roxana）和盖斯凯尔夫人的《路得》（Ruth）中的同名主角、《名利场》（Vanity Fair）中的蓓姬·夏普、《远大前程》（Great Expectations）中的艾斯黛拉等等，不可胜数。《爱玛》的女主角"又漂亮，又聪明，又有钱，加上有个舒适的家，性情也很开朗，仿佛人生的几大福分让她占全了"（3）。如此完美的女主角与19世纪那些千千万万到租借图书馆（circulating library）借书来看的读者相差悬殊，难以使后者在感情上产生现实的共鸣。苏耕欣指出，奥斯丁是出于写作策略的考虑而在《爱玛》中塑造一个有性格缺点的女主角，以制造一种政治上的模糊感："一方面，奥斯丁的作品在主要情节上基本遵循18世纪的主流保守思想，强调节制与理性，并以财富家婚姻收尾；但另一方面，小说叙述细节或行文中的某些安排或空隙，又在一定程度上削弱了小说对于主流价值的认同。"(苏耕欣,2013:33)现实主义小说为读者提供了一个想象性的世界,不仅要让读者在虚构的故事里体验在平凡生活中无法体验的经历,更要在提供这种娱乐的过程中让他们在道德上得到熏陶和升华。即使是苔丝这样美丽又善良的完美女主角,托马斯·哈代(Thomas Hardy)也要让她饱经人生惨痛和苦楚,走向人生悲剧。约翰·高尔斯华绥(John Galsworthy)在《福塞特世家》(The Forsyte Saga)中也让艾琳经历了艰辛,失去了真爱才最终找到幸福。让不完美的人通过外在文化培育和内在道德反省而臻于完善,这是自约瑟夫·爱迪生(Joseph Addison)、理查德·斯蒂尔(Richard Steele)和约翰逊博士以来,英国文人一直孜孜以求的道德夙愿。从外貌和身世普通的女主角出发,让读者与之形成共情,然后带领读者在虚构叙事中共同经历伦理困境、体验伦理选择,最终达到人生的圆满,这成了英国现实主义小说作家的一种高度道德自觉。

《爱玛》是奥斯丁生前发表的最后一部小说。这部作品延续了奥斯丁之前的风格,属于英国家庭现实主义小说一脉,讲述的都是普通英国人波澜不惊的婚恋故事与日常生活。《爱玛》出版之后不久,司各特应出版商约翰·穆雷(John Murray)之邀在《每季评论》(Quarterly Review)上刊发书评。司各特在评论中提到自18、19世纪之交,英国小说界出现了一种新的类型,它不再像先前小说那样以繁复的情节来迎合人们猎奇的想象,而是如实"复制"(copy)社会各阶层的普通生活,并准确而引人入胜地向读者呈现出日常生活中发生的一切(Scott,2004:39)。司各特给予《爱玛》高度评价,认为奥斯丁谙熟人情世故,在小说中刻画人物的技法犹如弗兰德斯画派一样真实细腻(Scott,2004:40)。司各特对奥斯丁的洞见和赞美成了批评界的共识。奥斯丁的细腻体现在她对英国乡村士绅阶层爱情婚恋生活主题的专注和遣词造句的优雅准确之上,这些都是较为外显的特征，容易为读者所察觉。奥斯丁小说叙事艺术的过人之处更在于她在叙事进程中对节奏的完美把控，以及由此带来的中正平和的道德情感。

约翰·菲利普斯·哈代(John Phillips Hardy)指出，"奥斯丁赋予她的女主角们以道德智性，她们的个性在跟别人的交流中得以强化"(Hardy，2011：xii)。奥斯丁小说的女主角往往伶牙俐齿，懂得如何跟人交流。奥斯丁作品的叙述者对女主角的人物塑造经常采用间接法，她在《傲慢与偏见》等早期作品中倾向于不直接通过叙述者之口来描写女主角的外貌、性格与家境等情况，叙述者隐藏了这些信息，而是通过对话和行动让读者在阅读过程中进行体会和把握。《理智与情感》的叙述者对达什伍德家三姐妹的评语相对较为直接：大女儿埃丽诺得到了正面评价——"思维敏锐，头脑冷静，虽然年仅十九岁，却能为母亲出谋划策……她心地善良，性格温柔，感情强烈，然而她会克制自己"；二女儿玛丽安"各方面的才干都堪与埃丽诺相媲美。她聪慧敏感，只是做什么事情都心急火燎的。她伤心也罢，高兴也罢，都没有个节制。她为人慷慨，和蔼可亲，也很有趣，可就是一点也不谨慎，与她母亲一模一样"；三女儿玛格丽特"是个快活厚道的小姑娘，不过由于她已经染上了不少玛丽安的浪漫气质，又不像她那么聪明，处在十三岁的年纪，还不可能赶上涉世较深的姐姐"。(奥斯丁,2017b:7)从叙述者对达什伍德家三姐妹的述评可以看出，第一女主角埃丽诺在性格和道德上都是健全可靠的，次要女主角玛丽安和玛格丽特则都有明显的缺点，尤其是玛格丽特。《理智与情感》一改《傲慢与偏见》的单核女主角结构，采用了双核女主角模式，玛丽安的情感跟埃丽诺的理智形成均衡，互为映衬。尽管采用了双核女主角模式，但在道德权威方面，实际上无疑埃丽诺所代表的理智占据了明显的上风。奥斯丁前几部小说的女主角都占有足够的道德权威，她们在道德判断和言行举止方面都是可信赖的。

《爱玛》则完全不一样。《爱玛》的叙述者在小说开篇处采取了快节奏交代法，第一句就一股脑儿地和盘托出女主角人生的优越之处——"爱玛·伍德豪斯又漂亮，又聪明，又有钱，加上有个舒适的家，性情也很开朗"（3）。在第一句话中，叙述者连用三个排比的形容词和一个长长的修饰语来描述爱玛让人羡慕的家境，她一出场仿佛就是人生赢家。随后，叙述者接着补充道"有个极其慈爱的父亲。他对两个女儿十分娇惯，而爱玛又是他的小女儿。由于姐姐出嫁的缘故，爱玛小小年纪就成了家里的女主人"（3）。奥斯丁如此干净利索、毫不拖泥带水地将爱玛优越的生活状况一次交代清楚。然而，她马上笔锋一转，紧接着就点出她的性格缺陷："要说爱玛的境况真有什么危害的话，那就是她有权随心所欲，还有点自视清高，这是些不利因素，可能会妨碍她尽情享受许多乐趣。不过，目前尚未察觉这种危险，对她来说还算不上什么不幸。"（3）奥斯丁在小说甫一开始就呈现给读者一个从内到外几乎完美的女主角，即便她有点富家小姐的小性子，也"还算不上什么不幸"。在这些信息报道性质的静态叙事段落之后，叙述者提到在爱玛家生活了16年的泰勒小姐因结婚而离职，这是真正启动小说情节发展的第一个推力。如果说《傲慢与偏见》是以宾利先生的到来打破故事均衡状态而获得叙事推力，那么《爱玛》则是反其道而行之，以监护人泰勒小姐的离开而改变了生活常态，使爱玛开始了一段新的人生经历。

　　《爱玛》使用第三人称叙述模式，同时大量使用自由间接引语，融合叙述者和人物之间的价值判断，拉近故事人物跟读者的距离，同时在价值判断上又跟人物保持微妙距离。正如美国评论家韦恩·布斯（Wayne Booth）所说，由于奥斯丁安排的大部分情节是揭露爱玛的缺点，读者因此对爱玛失去感情，就不愿意读完小说（转引自：钱青，2006：128）。对于读者对爱玛可能难以产生情感认同的问题，奥斯丁在构思和写作之初早就有预料。据奥斯丁侄子詹姆斯·

爱德华·奥斯丁-雷(James Edward Austen-Leigh)记载,在开始写这部小说时她就说过"我要创作的这个女主角,除了我自己,没有人会喜欢"(Austen-Leigh,2008:119)。奥斯丁当然不会让读者一上来就讨厌爱玛。叙述者开篇通过各种方式一直在铺垫,用了三段话将爱玛描述为漂亮、聪明、富裕和独立的魅力女子,随后横空插入一段话,直接点出她随心所欲和自视清高的性格小缺陷,这个逆笔着墨不多,却是全书发展的关键。它瞬间消弭了女主角在读者心中成为高大全形象的趋势,让她从理想化的漂浮状态重新被拉回到人间现实。奥斯丁并没有止步于此,她让叙述者在托出爱玛性格缺点之后立刻加上一句"不过,目前尚未察觉这种危险,对她来说还算不上什么不幸"(3),又让叙述者给予爱玛正向的价值评判,让她重回魅力女人的状态。上文叙述者对爱玛所下的那两个负面判语并不算轻,为了缓解气氛和调节读者跟爱玛之间的情感距离,叙述者又引出了更多的故事。

叙述者通过泰勒小姐的离开,引出爱玛对已婚姐姐的思绪,然后转到后文故事的主要发生地海伯里,随后又将视线拉回到当时爱玛所在的哈特菲尔德,引入她跟父亲谈论泰勒小姐婚姻的对话。这是小说叙事层第一次出现行动,奥斯丁当然不会浪费这个塑造人物的契机。爱玛的父亲伍德豪斯是当地首富,叙述者一开始就用"年龄悬殊而造成的隔阂""由于他体质和习性的缘故"等理由有意将他隔绝在爱玛的情感世界之外(5),他被描绘成一个神经兮兮的多病老人。泰勒结婚离开当天,伍德豪斯先生就不自在了,发现自己没人照顾了,不但不祝福服侍了家里10多年的泰勒小姐,反而开始抱怨:"她要是能回来就好了。真遗憾,韦斯顿先生偏偏看上了她。"(6)寥寥数语,他那副不近人情和自私自利的形象便跃然纸上。此时爱玛成了家里的道德权威,开始纠正父亲不正的道德观,直截了当地告诉父亲,自己不同意他的看法,而且将自己的陈述重复了两次(6)。父女二人当然不会为了这个分歧开始吵架，叙述者宕开一笔，爱玛跟父亲开始讨论家里的马夫詹姆斯和她女儿的家长里短，开始了"比较令人舒心的思路"(7)，爱玛摆好棋盘准备陪父亲下棋消磨时间。到此，小说第一章刚刚到了一半的位置。对于19世纪英国文学市场上常见的三卷本小说(three-decker)而言，到这里应该切入故事主线的正题了。"棋桌刚摆好不久，就来了一位客人，棋便用不着下了。"(7)这位客人就是男主角乔治·奈特利先生，男女主人公开始了小说情节安排上的首次会面，小说开始迅速向主题直接推进。《爱玛》切入正题的节奏很快，并没有像很多小说那样将男主角放在第二、三章之后出现，也没有任何多余的铺垫[①]，乔治·奈特利就这样毫无征兆地猛然闯入小说的故事世界。

奥斯丁是谋篇布局的大家，虽然在婚恋故事的整体情节框架方面并没有设置太多求新求异的心思，基本以大团圆模式设置大结局，行文言语中也看似波澜不惊，但她的天分表现在看似平铺直叙之间布满了各种微妙细腻的抑扬和转折，在看似平静的叙事语流之下存在各种大小漩涡，让叙事呈现出一波三折的走向。奥斯丁在控制叙事进程时表现出的轻重缓急切换和情节腾挪闪移之间，节奏把握得恰到好处。在一部部作品中，奥斯丁对小说形式的思考和理解不断有新的体会。在《诺桑觉寺》里，年轻的奥斯丁曾如此赞扬小说："在这些作品中，智慧的伟力得到了最充分的施展，因而，对人性的最透彻的理解、对其千姿百态的恰如其分的描述，四处洋溢的机智幽默，所有这一切都用最精湛的语言展现出来。"(奥斯丁，2017c：28)奥斯丁早期的作品践行了这些小说理念，但是她的风格也在慢

---

① 《傲慢与偏见》的布局就更为舒缓曲折，小说前两章围绕女主角伊丽莎白一家对宾利先生的讨论展开，只闻其名不见其人。到宾利先生来访，邀请他们参加舞会时，真正的男主角达西才登场，此时小说已经到了第三章。

慢改变。1814 年 1 月动笔写作《爱玛》时,39 岁的奥斯丁已经人到中年(其实已经是写作生涯的晚期)。她在这部作品中继续了之前作品中关于婚恋的一些未竟的道德话题。《诺桑觉寺》和《傲慢与偏见》叙事过程中时常出现的戏谑和咄咄逼人的锋芒此时已经慢慢褪去。岁月消磨了奥斯丁青年时代横溢的机巧和才气(对不少读者而言,这恰恰是最吸引他们之处),代之以一种更加从容温婉和淳厚圆熟的风格。在小说开篇处,叙事焦点的切换与衔接自然顺畅,节奏张弛有度,情感中正平和,藏锋于内,并不露出丝毫纤巧与做作的匠气。成熟的奥斯丁在这里。

第三节　叙事套路背后的意识形态底色

奥斯丁并不是家庭题材小说的婚恋叙事套路和自由间接引语技巧的开创者,她只是继承和改造了前辈玛丽·德·拉·里维埃·曼利(Mary de la Rivière Manley)、伊丽莎·海伍德(Eliza Haywood)、弗朗西斯·伯尼、夏洛特·史密斯(Charlotte Smith)等人已经初步定型的叙事传统。在伊丽莎·海伍德的笔下一再出现的叙事模式是"守身如玉、消极等待的贞女得到颂扬、爱怜并终有'善报';而那些遭遇恶报的女人,如中篇《放达敏妮》(Fantomina)中的女主人公则都在社会中比较有地位,又在恋爱中表现得'过度'大胆、主动、热烈"(黄梅,2006:91)。弗朗西斯·伯尼主要关注出身于乡绅家庭的青年女子如何适应伦敦城市上流社会生活方式这个话题,将婚恋故事放置在这个大背景下展开。她笔下的《伊芙莱娜》的同名女主角也是在不断成长,但是在这本书信体小说中,伊芙莱娜的行动力并不强,尤其是在小说开始部分,她显得无比稚嫩,自始至终时刻都得征求道德监护人亚瑟·维拉斯牧师和弥尔凡夫人的意见行事。伯尼的另一本代表作《塞西莉亚》则大量使用了自由间接引语技巧,女主角在智性和行动力上也有了较大提升。待到夏洛特·史密斯写作《艾米琳》(Emmeline)时,她笔下的艾米琳已经具有极强的行动力。作为职业作家,史密斯写小说完全是为了生计,正如她在 1793 年 10 月 9 日写给友人约瑟夫·库伯·沃克(Joseph Cooper Walker)的一封书信中所言,她并不太喜欢小说,小说于她"就跟水果店老板眼里的果子差不多"(Smith, 2003:80)。史密斯是一位独立的女性作家,在写《艾米琳》时刚刚跟生活了 22 年的丈夫离婚,身边有 9 个嗷嗷待哺的孩子,生活艰辛,她的写作初衷在很大程度上就是为了养家糊口。在《艾米琳》这本自传性的小说中,史密斯笔下的女主角叛逆、泼辣、果敢,跟之前英国女性作家笔下的淑女形象迥异。伯尼和史密斯开启了英国小说史上女性觉醒和独立的里程,她们作品中的女性"不再是精力充沛的男性阴影下的依附者和寄生者,不再是一些惶恐不安的牺牲品,也不再是只有在面临道德选择时才做决定的人了"(桑德斯,2000:507)。

　　循着英国小说在 18 世纪自兴起以后众多女性作家叙事框架和人物塑造演变的线索可以发现,奥斯丁是英国小说史上的重要一环(这点已经无须赘述),她继承了众多前辈女作家常用的婚恋小说叙事框架,完善了叙事技巧,通过虚构的小说故事和话语继续充实英国文学史上由来已久的婚恋道德寓言。有意思的是,英国小说史早期阶段男性作家笔下的女主角形象跟女性作家笔下的大不相同。笛福的《摩尔·弗兰德斯》(Moll Flanders)和《罗克萨娜》、菲尔丁的《艾米莉亚》(Amelia)塑造的都是世故、多谋、圆滑和固执的非典型中产阶级淑女形象,具有极强的行动力。即便是以女性主题小说著称的理查逊,他笔下的《克拉丽莎》(Clarissa)也是刚烈勇毅的贞洁女子。在英国小说兴起之初,笛福和理查逊等人秉持的是形式现实主义,而形式现实主义"只是一种描写模式,因此它在道德问题上是中立的"(瓦特，1992：128)。由于生活经历和性格使然，奥斯丁发展了英国女作家群体里的家庭现实主义，塑造了一系列独立、敏感和聪慧的女性角色，跟众多前辈笔下的一系列女性人物连成一根上扬的曲线，但是她又没有像夏洛特·史密斯和玛丽·沃尔斯通克拉夫特(Mary Wollstonecraft)的激进和极端，她更加中正敦厚的价值取向和睿智幽默的叙事语气更符合大众的审美趣味。"文学的审美功能不能脱离教诲功能单独存在，它必须同文学的教诲功能结合在一起。审美是认识美、理解美和欣赏美的一个心理接受过程，伦理价值是审美的前提。审美是文学教诲价值的发现和实现，是文学体现伦理价值的方法和实现伦理目标的途径。"(聂珍钊，2011：17)奥斯丁的小说不仅在审美趣味上符合大部分读者的期待，更契合英国社会的主流道德评判，因此她的作品在评论界得到了更高评价，她将英国小说史上主要由女性作家造就的家庭现实主义推向了新高度。

简·奥斯丁成长在一个有8个孩子的大家庭，父亲是史蒂文顿的牧师，办过小规模的家庭寄宿男校，亲自授课。现存书信表明奥斯丁先生非常重视对子女的生活和道德品质教育(希尔兹，2014：21)。简·奥斯丁终身未婚，早年跟父母生活，晚年受哥哥接济。在18、19世纪的英国，这是绝大多数大龄未婚女子再寻常不过的命运轨迹。奥斯丁家并不富裕，早年父亲当家时，除了教会为神职人员配备的3英亩地之外，他还租种了表姐夫兼恩主托马斯·奈特家的200英亩土地(Lane，2015：262)，家庭年收入约为600英镑，一家十口的日子过得还算体面。父亲去世以后，她们姐妹俩和母亲每年可得450英镑，1815年英国金融危机之后减成350英镑，简·奥斯丁每年可有20英镑零花钱(Craig，2015：2-4)。她的收入不算高，勉强可维持一名中产阶级女子一年节俭的花销。写小说可以给她带来一些版权收入，但无疑并不能带来巨额收入，据简·弗古斯(Jan Fergus)统计，奥斯丁在世时得到的实际版税不超过700英镑。

《傲慢与偏见》的版权卖了 110 英镑,《理智与情感》第一版收入为 140 英镑、《曼斯菲尔德庄园》和《理智与情感》多次再版的收入有数 百英镑。奥斯丁在筹备《爱玛》首版时,拒绝了出版商穆雷买断版权 的提议,自负盈亏出版,同时还签订了再版《曼斯菲尔德庄园》的合 同。《爱玛》销量不错,但是《曼斯菲尔德庄园》并不顺利,盈亏相抵, 这次发行的实际收入为 38 英镑[①](Fergus, 2009:47)。穆雷是当时 英国的知名出版商,《爱玛》经由他出版,可以给她带来更多益处。 穆雷在文学圈的影响力给奥斯丁带来了更高的知名度和更多的版 税收入。

　　关于奥斯丁小说与钱财的话题,西方批评家已经讨论甚多。 W. H. 奥登(W. H. Auden)在 1937 年跟路易斯·麦克尼斯(Louis MacNeice)合作出版的诗集《冰岛书简》(*Letters from Iceland*)中著 有长诗《致拜伦书》("Letter to Lord Byron"),里面就不惜用溢美之 词高度赞扬奥斯丁,随后他用戏谑的笔调写道:"这真让我极度不 适/去看一个英国中产阶级老处女/描写'铜臭'的催情效力/如此直 白而又清醒地/将社会的经济基础来揭示。"(Auden, 1937:21)要 论奥斯丁在写作生涯中惯用的大框架和小套路,似乎没人比艾伦· 摩尔斯(Ellen Moers)和克里斯托弗·威尔克斯(Christopher Wilkes)看得更清楚。摩尔斯曾目光如炬地指出,奥斯丁每一部小 说开头都以钱财开始(Moers, 1973:57),威尔克斯洞若观火地发 现,奥斯丁的每一部小说都以婚姻结尾(Wilkes, 2013:227)。除了 道德以外,奥斯丁对钱财话题和婚姻主题也很执着,《爱玛》也概莫 能外。奥斯丁笔下的女主角通常都出身于中产之家,但不会大富大 贵。《傲慢与偏见》中的贝内特先生家庭年收入 2000 英镑,伊丽莎 白可以继承的财产是年息 4 厘的 1000 英镑存款(每个月实际可得

---

　　①　奥斯丁去世以后,她的家人还从此次版税交易中得到 385 英镑版税。

40 英镑)。①《理智与情感》的达什伍德家三姐妹和母亲年收入共为500 英镑。情况在《爱玛》身上起了变化。这次女主角爱玛·伍德豪斯身为"3 万英镑家产继承人",来自一个"古老世家的后裔",家里的地不算特别多,但是"别的财源充裕,在其他方面几乎都不亚于当维尔寺(首富奈特利先生家)"(128)。爱玛 3 万英镑的身价,每年可支配用度为 1500 英镑,这在当时被视为一笔数额巨大的嫁妆。《傲慢与偏见》中宾利先生年收入约 5000 英镑更让包括贝内特太太在内的一大群女人神魂颠倒、语无伦次。

奥斯丁 7 岁开始在牛津和南安普顿的女子寄宿学校和雷丁的修道院学校辗转学习过 4 年。她在学校接受的是当时英国女孩常见的教育模式,培养增进德行和健康生活的基本技能。据学者考证,奥斯丁在家阅读的书籍主要有约翰逊博士的《漫步者》(*The Rambler*)、法文版拉封丹(Jean de la Fontaine)的《寓言诗》(*Fables*),考珀、埃奇沃思、史密斯、伯尼、理查逊和菲尔丁的书,以及当时流行的各种通俗小说(希尔兹,2014:26-35)。奥斯丁在作品中描写了大量乡绅家庭,但她家并不属于真正的乡绅阶层。奥斯丁父亲是当地教区的牧师。按照当时英国社会阶层的分层惯例,国教牧师、军官、殷实的商人家庭可以跻身中产阶级的上层行列。他们没有田产物业,不能收佃租,只能靠职业年薪和其他收入维持营生,但是他们"竭力过着乡绅阶层模式的生活",被历史学家大卫·史普林(David Spring)称为"伪乡绅"(pseudo-gentry)(转引自:Copeland,2011:128)。因为没有乡绅阶层的田产物业硬资产,他们不仅在财富上与乡绅相去甚远,在人际关系上也无法像乡绅一样

---

① 18 和 19 世纪英国家庭通常购买政府年息为 5% 的信托基金,如《傲慢与偏见》中的宾利小姐有资产 2 万英镑,实际每年可支配的用度为 1000 英镑,金小姐有资产 1 万英镑,每年可支配的用度为 500 英镑(Copeland,2011:130)。

对大量佃户拥有经济和人身影响力。奥斯丁对社会阶级分层似乎有着某种执念,小说《诺桑觉寺》的主题叙事框架就是伪乡绅之家(牧师子女)的莫兰兄妹、乡绅阶层的亨利·蒂尔尼和贪慕财产、工于心计的索普兄妹之间的爱恨纠葛,不仅讨论道德品质这个奥斯丁终身关注的重要主题,还涉及阶级差异和婚恋的门当户对话题。《傲慢与偏见》关注的也是出身小土地乡绅阶层(本奈特先生家年收入 2000 英镑)的女子跟大土地乡绅阶层男子(达西年收入 1 万英镑)之间的婚恋故事。①

　　奥斯丁的几部主要作品主题都很类似,除了较为明显的恋爱与婚姻,另一个一以贯之的主题是成长和教育。关于奥斯丁小说的女主角成长问题,学界已经多有论述。跟夏洛特·勃朗特、盖斯凯尔夫人、乔治·艾略特等众多英国 19 世纪女作家经常采用的写作策略类似,奥斯丁笔下的小说经常采用经典的叙事模式,女主角的行动大都遵循一个套路:敏感伶俐的女主角爱上青年男子,经受彷徨与波折,最后终成眷属。她的小说用细腻的笔触展示出青年女子心理成熟的过程。彼得·格拉汉姆(Peter Graham)注意到,奥斯丁的小说都以几对而不是一对有情人终成眷属而结尾。格拉汉姆对这个有意思的现象的解释是奥斯丁笔下通常描绘两种类型的婚姻,一种是世俗和自然主义意义上成功的婚姻——过着自己的小日子、生育和抚养后代茁壮成长,另一种是有着更崇高理想的婚姻——自我实现、充分发挥自我才能并且有助于共同体建设;奥斯丁以几对婚姻的模式结尾是为了后一种更高层次的团结与融合,将女性的个人成长故事放置在社会喜剧的大历史语境之下,个人的行为会对社会

---

　　① 达西的姨妈凯瑟琳伯爵夫人就对他跟伊丽莎白的婚姻极力反对,认为门不当户不对。《诺桑觉寺》男主角之父蒂尔尼将军、《劝导》女主角之父沃尔特爵士也同样因此理由一直反对子女的婚姻。

其他成员的生活产生直接或间接的影响(Graham,2008:112)。实际上奥斯丁的小说关注的是社会个体的伦理选择问题。"一方面，伦理选择指的是人的道德选择，即通过选择达到道德成熟和完善；另一方面，伦理选择指对两个或两个以上的道德选项的选择，选择不同则结果不同，因此不同选择有不同的伦理价值。"(聂珍钊，2014b:267)奥斯丁笔下的人物通常都会不断面临道德选择，人物通过选择和磨炼，最终臻于道德完善和生活幸福。

奥斯丁继承了源自18世纪的萨缪尔·理查逊、玛丽·德·拉·里维埃·曼利、伊丽莎·海伍德、萨拉·菲尔丁(Sarah Fielding)、夏洛特·伦诺克斯(Charlotte Lennox)、弗朗西斯·伯尼、夏洛特·史密斯[①]等人的写作风格，关注普通人(尤其是青年女子)的日常居家与婚恋生活。奥斯丁将这种家庭现实主义风格发扬光大，使之成为19世纪极受英国女性作者和读者青睐的文学形式。她通过自己的文学虚构叙事给当时的女性读者进行道德教诲，通过设置不同性格的女性角色，用想象性质的文学话语来为青年女子提供关于爱情的浪漫想象与体验。奥斯丁的小说刻画了一系列形象鲜明的青年男女，他们都出身于中上层阶级，却因不同的家庭背景和迥异的个性而选择不同的行事方法。

第四节 《爱玛》的沉浮与摄政时期的价值观变迁

1796年1月9日，星期天，刚满20岁不久的简·奥斯丁端坐在英国南部汉普郡史蒂文顿村的家中，拿起笔给她的姐姐卡桑德拉写

---

① 奥斯丁非常推崇伯尼，《傲慢与偏见》这个书名就是直接取材于伯尼小说《塞西莉亚》里莱斯特医生的一句对白。

信①,此时卡桑德拉正在伯克郡的男友汤姆·福奥尔家里小住。在这封本该给姐姐庆祝生日的信里,奥斯丁开篇第一句话就完成了"任务",第二句转到自己青睐的爱尔兰裔年轻人汤姆·勒弗罗伊的生日,第三句话锋一转,开始详细诉说自己前一晚在舞会上的所见所闻,惬意之情溢于言表。此时的奥斯丁正跟勒弗罗伊眉目传情,打得火热。勒弗罗伊毕业于都柏林三一学院法律专业,有着大好前途;奥斯丁祖上家世不错,父亲是教区牧师,在社会阶层上可说是中产,家里经济却不太富裕。勒弗罗伊的父母并不同意这门婚事,在当年1月中旬便将他送到伦敦继续学法律,拆散了这段姻缘。1796年10月,奥斯丁开始动笔写作《傲慢与偏见》,不过那时她为这部小说取的名字叫作《人生初见》。奥斯丁跟勒弗罗伊之间没有结局的爱情故事已经为学界所广知,有人甚至将他视为《傲慢与偏见》男主角达西的原型(Lehane,2001:103)。

奥斯丁终身未嫁,大部分时间都安居在史蒂文顿和查顿小村的家中,日子过得平淡而真实。跟大多数19世纪英国女作家一样,奥斯丁并不敢理直气壮地公开自己的作家身份,只能躲在家里偷偷摸摸地写小说,假装做针线活来掩饰写作行为,不仅外人不知道,甚至连她的亲侄女卡洛琳·奥斯丁都从没看过她写小说,"只是经常看到她在客厅的桌上写信"(转引自:Jones,1998:xiii)。书信是19世纪英国人民交换信息的主要渠道,奥斯丁也写过很多书信。从她留下的100余封书信来看②,基本都是在跟亲人拉家常,不厌其烦地讲述自己每天的所见所闻、所思所想。那个在《傲慢与偏见》《理智与情感》和《诺桑觉寺》等小说中风光无限、妙语连珠、伶牙俐齿、反讽

---

① 这是现存的奥斯丁最早的一封书信。

② 奥斯丁的亲人朋友,尤其是姐姐卡桑德拉,截留或者毁掉了大量他们认为不宜公开的书信。

戏谑、聪慧自信、无所不能的奥斯丁似乎不见了踪影。展现在我们面前的是一个单纯可人的青年女子奥斯丁，她在不停地向亲人朋友倾诉生活中的点点滴滴。在写给姐姐的这封（以及随后的几封）书信里，她难以掩饰自己对勒弗罗伊的爱恋之情，着墨不多，却难掩情窦初开青春少女般的羞涩与急切之情。跟她多部小说中描写的女性角色一样，奥斯丁也喜欢跳舞，她在给姐姐的书信中不厌其烦地诉说前一晚自己在舞会上的见闻：碰见了哪些人，有谁受邀没来，谁跟谁跳了几圈舞，哪个姑娘见了之后觉得相见不如闻名，自己没钱买丝袜，因为买白手套和粉色波斯巾把钱花光了（Austen，1884：125-129）。生活中的奥斯丁并没有留下太多的轶事，甚至连生平活动的历史记载都不甚详细。奥斯丁生活在战乱频繁的年代，但是她在作品中却很少描写战争，而是将所有的注意力都放到描写英国中产阶级日常生活的婚恋问题上。

奥斯丁在世之时恰逢一个政治上风云激荡的历史年代。她经历的重要历史事件主要有美国独立战争（1775—1783）、法国大革命（1789）、《联合法案》通过（1800）、拿破仑战争（1803—1815），然而她的小说故事世界却出奇地平静，处处皆为承平之象。虽然也有一些批评家挖掘和索隐到奥斯丁小说罅隙之中关于战争、殖民、暴动、大萧条等话题的内容，但它们基本都只存在于小说故事世界的外围和边角处，奥斯丁小说的前景中心都是讲述一群青年男女无拘无束地追求爱情和享受青春的平安生活，她似乎将所有注意力都放在了英国乡绅阶层的婚恋和感情生活之上。不仅如此，她生活的年代恰逢英国浪漫主义运动全盛时期，英国文学天空的明星是浪漫主义诗人：华兹华斯、柯勒律治和骚塞等老一代诗人风头正劲，拜伦和雪莱等新一代诗人已崭露头角。就小说领域而言，浪漫主义风格的历史小说成为当时的新宠，司各特 1814 年出版的《威弗莱》及随后的系列作品将历史小说热潮推向了极致。而奥斯丁却丝毫不为周边的一切所动。她并没有跟风，她的作品中一直充盈着反浪漫主义情绪，她是一个素净的现实主义者。奥斯丁知道自己的优势所在，也知道自己该如何坚持，①她超越了时代。

  奥斯丁的 6 部较有代表性的小说都在摄政时期出版。她正式出版的第一部小说是《理智与情感》。1811 年 10 月底，奥斯丁的三卷本《理智与情感》终于在英国书市上开售，价格为 15 先令。10 月 30 日，该书在《星报》(*The Star*)上首次公开刊登广告。小说并没有署她的名，而是以匿名形式出版，②仅写了"女作家作品"(By a Lady)。虽然引起了一些读者和批评家的注意，但是并没有大红大紫。直到 1812 年 2 月，主流文学杂志《批评评论》(*Critical Review*)刊发了评论奥斯丁作品的首篇书评，给予了此书"特别推荐"的评价(Nokes，1997：389)。这是批评界对奥斯丁作品的第一个正式而严肃的评价，至于读者方面，又有更多情况值得关注。新近发现的史料证明，摄政王很可能是奥斯丁小说的首位读者。宾夕法尼亚大学的学者尼古拉斯·弗雷特克(Nicholas Foretek)在 2018 年夏季查阅温莎堡的皇家档案库时发现了一张购书凭证，它显示早在 1811 年 10 月 28 日，《理智与情感》就进入了摄政王的采购清单。那时的奥斯丁还是初出茅庐的青年作家，在英国文坛没有任何知名度。负责为摄政王的私人图书馆采购书籍的出版业经纪人托马斯·贝克特(Thomas Becket)认为此书或许符合摄政王的品位，便将此书推荐给了他。当然，那时的奥斯丁对所发生的这一切一无所知。

---

  ① 奥斯丁对自己写作主题的选择始终都有清醒认识，不轻易尝试陌生的写作题材，为此她在 1816 年 3 月底甚至拒绝了詹姆斯·斯坦尼耶·克拉克神父(James Stanier Clarke)提出的写一部历史小说题献给摄政王的女婿、当时欧洲的政治明星德国萨克森-科堡-萨尔菲德公国利奥波德亲王(Prince Leopold of Saxe-Coburg-Saalfeld，他于 1831 年成为比利时首任国王)的建议(Brabourne，1884：350)。

  ② 匿名发表作品的形式在 18 和 19 世纪的英国文坛很常见，作家们发表首部作品时尤其喜欢这个策略。

等到《爱玛》在 1815 年年底准备出版之时，一切都不一样了，奥斯丁跟摄政王已经有了些间接往来。跟同时代很多人一样，奥斯丁对这个声誉败坏的摄政王并没有什么好感。摄政王跟卡洛琳王妃性格不合，他们婚后不久便感情破裂，势同水火，闹得不可开交，为当时的英国民众提供了不少的茶余饭后的谈资。奥斯丁公开宣称支持"同是女人"的卡洛琳王妃，"恨她的丈夫"（Tucker，1994：119）。奥斯丁不仅在书信以及作品的多处地方表达了对摄政王的憎恨，在作品中也多处觅得机会对他进行讽刺。萨尔斯认为奥斯丁在《曼斯菲尔德庄园》里设置的人物汤姆·伯特兰就是在影射这个骄奢淫逸的摄政王（Sales，1994：71-72）。奥斯丁在《爱玛》出版的扉页题记中写道："蒙殿下恩准 / 谨以最崇高的敬意 / 将本书献给摄政王殿下 / 殿下的忠诚、恭顺、卑微的仆人 / 作者"。这是英国摄政时期知名作者常用的做法，也是出版商为了提高小说销量所做的营销策略。约翰逊博士写于 1755 年 2 月 7 日著名的《致切斯特菲尔德伯爵书》（"To Lord Chesterfield"）在名义上正式宣布了英国作家在经济上的独立，摆脱了持续数个世纪的恩主资助制度，可以在市场经济体制下自谋生路。即便如此，如果作品能得到社会名流的认可，尤其是君主的青睐，这对作品销量的提升无疑是极其有益的。这种来自上层社会的名誉背书会对读者市场产生重要的引领作用。摄政王就对文学、艺术和建筑有着异乎寻常的热情。他跟司各特往来密切，对奥斯丁也青睐有加。

1815 年秋，奥斯丁的《爱玛》已经完工，正在跟出版商穆雷洽谈出版事宜，不巧此时兄长亨利在伦敦病重，奥斯丁前去照顾他，请来了当时名满英伦的御医亨利·哈尔福德爵士（Sir Henry Halford）诊治。据奥斯丁的侄子奥斯丁-雷记载，御医得知她是《傲慢与偏见》的作者之后，告诉她"摄政王很赏识她的小说，在每处官邸都备有她的小说一套，时常翻阅"（Brabourne，1884：345）。摄政王得知奥斯丁在伦敦后，派了时任王府牧师和图书管理员的克拉克神父去拜会奥斯丁，还邀她去摄政王居住的卡尔顿宫访问并参观摄政王的私人图书馆。克拉克神父写信提议奥斯丁把《爱玛》题献给摄政王，奥斯丁照做了。从奥斯丁 1815 年 12 月 11 日写给出版商穆雷的那封专门讨论题献措辞的书信可以看出，她应该是接受了穆雷的劝导才同意将此书题献给摄政王的。她恳请穆雷根据自己的专业经验和实际需要便宜行事，"只要能很快可以将这批书售完就行"（Austen，2011：317）。《爱玛》在当年 12 月出版之后，按照惯例，题献的作者需要赠送精装本的样书一套给接受题献的人，奥斯丁虽不是很情愿，不久还是送上了一套绘有摄政王徽章的烫金精装本到摄政王府（Tucker，1994：128）。奥斯丁在《爱玛》出版前后跟摄政王之间的这段往来使得我们可以更清楚地体会到作家奥斯丁的真实处境，看清楚在市场经济体制下，职业作家不可能完全置身于出版业的规则之外，也很难逃出英国文学界历来热衷于题献名人以期在读者市场得到加持效应或者向权贵屈膝的行业惯例。这个历史语境可以丰富我们对小说文本的理解。围绕《爱玛》这个文学文本产生的一系列文学话语可以让我们从多重视角更全面地了解奥斯丁和英国摄政时期作家面临的矛盾、彷徨与妥协。

奥斯丁去世以后，她的作品在随后 10 余年间逐渐淡出人们的视野，直到 19 世纪三四十年代才有起色。当时的著名批评家乔治·亨利·刘易斯（George Henry Lewes）为《简·爱》（*Jane Eyre*）写了一篇评论，发表在 1847 年 12 月的《弗雷泽杂志》（*Fraser's Magazine*）上。在盛赞《简·爱》的同时，他认为奥斯丁和菲尔德的水准超越了当时风头最劲的司各特，堪称伟大的小说家（Lewes，1847：xxxvi）。

刘易斯的书评引起了夏洛特·勃朗特的注意。勃朗特在此之前根本没有读过奥斯丁的任何作品，她看到书评以后心情很复杂，便找来《傲慢与偏见》，验证刘易斯之言的虚实，结果大失所望。1848 年 1 月 12 日，她写信给刘易斯表达不满，狂傲地宣称小说不堪卒读，里面只有"准确描绘的脸，刻板而平庸无奇；认真扎的篱笆，精心培植的花园，井井有条，花朵娇美——却没有容光焕发的面相，没有开阔的风景，没有新鲜空气，没有青黛远山，没有潺潺小溪。说一句不怕冒犯您的话：我可不愿跟她笔下那些绅士淑女一起住在那些优雅却局促的屋里"（Brontë，2000：10）。勃朗特的确不太喜欢奥斯丁。出版界友人威廉·史密斯·威廉斯（William Smith Williams）给勃朗特寄去了《爱玛》供她阅读欣赏，她在 1850 年 4 月 12 日回信，又对奥斯丁在《爱玛》中的写作风格大发了一通议论，认为奥斯丁"对描绘英国士绅阶层生活的表象在行得不得了"，只忠于外在刻画，而没有注入炽热情感，停留在浅表，而未入内心（Brontë，2000：383）。在勃朗特看来，奥斯丁未得小说写作的精髓，她的《爱玛》不过尔尔。

夏洛特·勃朗特对奥斯丁的轻视确实源于两人秉性和审美的差异。盖斯凯尔夫人曾为勃朗特写过传记，对勃朗特比较了解，并于 1853 年 4 月在书信中和友人凯-夏托沃斯夫人（Lady Kay-Shuttleworth）谈起勃朗特写作的特点："勃朗特小姐和我不一样的地方是她将所有的桀骜（naughtiness）写进书里，而我却将所有的善良（goodness）写进书里。"（Gaskell，1997：228）盖斯凯尔夫人温文尔雅的性格和优雅舒缓的写作风格无疑跟奥斯丁更接近。勃朗特跟奥斯丁之间更大的差异是超越个人秉性和好恶的，横亘在她们之间的是摄政时期和维多利亚时期两个不同历史时期英国主流意识形态的巨大变迁。勃朗特自幼喜欢阅读海外战争与殖民的通俗小说，非常热衷于殖民题材与异国情调，除了后来的《简·爱》和《雪莉》（Shirley）等主要作品涉及殖民以外，其实早在青少年时期她就以非洲殖民地为背景创作了数百页的小说和虚构叙事作品（Meyer，

1990：247）。并不是只有终年生活在约克郡西部山区哈沃斯村荒泽之中的夏洛特·勃朗特和她的妹妹们才有这种热情，跟勃朗特姐妹关系甚好的盖斯凯尔夫人、玛丽·泰勒（Mary Taylor）①等一众维多利亚时期女作家在她们的文学想象中同样表现出了大英帝国崛起过程中的血性和冲动。

　　奥斯丁的文学声誉在维多利亚时期相当长的一段时间内都不是特别高，跟她如今的地位不可同日而语。奥斯丁去世后，作品版权分散到了家人和出版商手中。1833 年出版商理查德·本特利（Richard Bentley）将版权集齐，出版了首个奥斯丁作品全集。奥斯丁的侄子奥斯丁-雷在 1870 年出版了《简·奥斯丁回忆录》（*A Memoir of Jane Austen*），对奥斯丁在英国文学界的流行起到了重要推动作用。此时奥斯丁所有作品的版权年限都已到期，小说成为公版之后发行量开始增加。亨利·詹姆斯和理查德·辛普森（Richard Simpson）等人的认可也推动了奥斯丁声誉的高涨（Byrne，2004：33）。从小说单行版出版量来看，奥斯丁小说的流行程度一直在温和增长，在 1883 年以后开始出现显著增长（Bautz，2007：81）。奥斯丁作品在维多利亚时期前期和中期流行程度并不太高，这不可简单归为历史的偶然，这个文学现象背后隐藏着深层次的必然性，它昭示着英国社会和文学在 19 世纪上半期的价值观变迁。

　　关于这个学术议题国内外学界已有充分论述，对英国时代精神变迁过程中的辽阔和幽微之处产生了诸多洞见。程巍认为，从 1813 年到 1847 年，奥斯丁笔下的达西这种高贵而冷淡的土地主已经让位于勃朗特笔下罗切斯特这类粗野而热情的男子，不同时段中产阶

---

　　①　盖斯凯尔夫人居住在当时英国最大的工业城市曼彻斯特，她笔下《北方与南方》的坚毅能干的工厂主约翰·桑顿和《妻子与女儿》的罗杰·罕默利等人都是行动力极强的人。玛丽·泰勒出身于商人之家，自己也是生意人，曾在欧洲和大洋洲广泛游历，是女权运动积极分子、自由作家。

级女性作者和读者有不同的文学想象，她们中意的男子从奥斯丁笔
下的"伦敦蝴蝶"演变成了勃朗特笔下的"帝国鹰"，奥斯丁和勃朗特
的文学行动"不管有意还是无意，构成了她们各自所属的那个时代
的意识形态建构的一部分，并且为她们各自笔下的理想男子及其现
实对应阶层提供了充足的美学价值和道德合法性，而这反过来又影
响了现实中的人的美学和道德的选择，把自己塑造成那个时代的理
想人物，并对不愿或无力按照这种要求来塑造自己的人和群体形成
一种美学的、心理的以及政治的压迫"（程巍，2009：3-4）。从《傲慢
与偏见》到《简·爱》这两个不同时代小说高点连成的线条，可以看
到英国摄政时期到维多利亚时期价值观在男性理性形象方面的明
显变化。然而这种变化绝不是一蹴而就或者由文化基因突然变异
而成的，它经历了长期和风细雨浸润的渐变以及个别历史事件暴风
骤雨带来的突变相结合的漫长过程。只要考察奥斯丁在写作生涯
中对不同男主角形象的塑造策略，就可窥见这个历史洪流的运行
轨迹。

　　奥斯丁在自己的文学生涯中不断丰富笔下的男主角形象与内
涵。他们基本都来自中产阶级的中上层，但是在不同作品中拥有
不同的社会背景和性格特征，体现了奥斯丁对婚姻和男子的不同
想象和道德期望。在奥斯丁生活的时代，英国的工业化进程已经
如火如荼，土地贵族阶层的政治地位和社会影响力已经大不如
前，受到新型商业资产阶级、"伪乡绅"阶层和中产阶级的严重挑
战，但是土地贵族阶层仍然维持着他们阶层特有的傲慢。史学家
F. M. L. 汤普森（F. M. L. Thompson）指出，在 18 世纪最后 10
年到 1832 年《改革法案》①通过之前的这 40 年间是大土地主和贵族

_____

　　①　1832 年通过扩大下议院选民基础的《改革法案》是土地贵族集团政治上的最
终妥协。但是土地贵族集团的影响力直到 19 世纪 50 年代以后才真正消退。

们最为得意和傲慢的时代(Thompson,2007:7)。在奥斯丁的写作生涯中,她在不同小说里对男主角的家庭出身的选择印证了这一点。她最早写作的《诺桑觉寺》里的男主角亨利·蒂尔尼是出身于富贵之家的次子,性格软弱消极,略有些玩世不恭之态。《傲慢与偏见》里的达西来自德比郡的大土地主之家,衣着和谈吐是典型摄政时期的纨绔子弟风格。

　　《爱玛》的乔治·奈特利不一样,他奉行节俭务实的作风。奈特利并不是《傲慢与偏见》中达西和宾利那样大富大贵的公子哥,但也属于地主阶级。他是爱玛姐夫的兄长,作为长子,他继承了家族的宅邸、土地和产业。奈特利家族住在伦敦近郊的海伯里的当维尔寺庄园,拥有当地最大、最富饶的土地。奈特利跟达西那样讲究奢侈生活和排场礼仪的纨绔子弟完全不同,他具有绅士风度,但是非常务实和简朴。小说中他已经年近四旬,没有养马,也没多少闲钱(203)。他“是个风度极其优雅的人”,“这么教养有素的人,你在一百个人里面也找不到一个”(30)。奈特利先生人如其名,具有深入英国文化精髓的骑士(knightly)风度。在《爱玛》的故事世界里,奈特利先生代表的乡绅是社会的支柱,既是经济的基石,也是道德的权威。正如学者所言,奥斯丁通过《爱玛》这部作品“适度修复了在《曼斯菲尔德庄园》中遭到重创几乎土崩瓦解的家族世界,通过奈特利亦旧亦新的绅士形象,通过爱玛作为女性和年少者在一连串失误和苦恼自省中完成的权力共享,通过弗兰克式外来者造成的冲击与融合以及诸多海伯里人的摩擦与互动,通过爱情罗曼司模式带来的大团圆喜剧收场,来构想某种有所更新的生活共同体——不是对社会的逃离再逃离,不是一味地对立与拆毁,而是对人际纽带的几乎润物细无声的调整与重塑”(黄梅,2008:101)。奥斯丁生活的时代恰逢英国土地主集团和乡绅势力达到高峰之后开始快速衰落的历史时期。除了在热闹的巴斯(1801—1806)和南安普顿(1806—

1809)住过几年,以及偶尔去伦敦等地小住之外,她基本都生活在汉普郡的乡村。

　　奥斯丁的文学视野的焦点还在继续转换。待到1815年8月动笔写《劝导》之时,奥斯丁已经不再将视线聚焦于土地贵族阶层。男主角弗雷德里克·温特沃斯则是19世纪新绅士的代表,他出身并不好,通过奋斗,在拿破仑战争中大展身手,出人头地。奥斯丁1817年年初开始写的最后的长篇小说《桑迪顿》(Sanditon,未完成的遗作)更是脱离了奥斯丁之前习以为常的小说套路,"不再以土地财产制模式作为社会的经济模式。《桑迪顿》的社会因信用、投机和多变的消费需求而出现,传统的地主阶级已经让位于商业阶级"(Copeland, 2011: 325)。依据奥斯丁写作时间先后顺序考察这些作品,可以发现奥斯丁没有跳出自己中意的题材和大叙事框架的窠臼,但是在主题选择和男主人公塑造等方面都在不断变化。

　　1814年9月9日,奥斯丁在查顿村忙着构思写作《爱玛》,当天她写信给一位跃跃欲试想当小说家的侄女,对她加以指点。奥斯丁对晚辈的进步进行了鼓励,然后劝诫她"乡间村庄的三四户人家是正适宜写作的"(Austen-Leigh, 2008: 76)。这句话可以被视为奥斯丁对自己小说写作方式的极好注解。1816年12月,奥斯丁的《爱玛》面市已经一年了,此书印刷了2000册,一年过去已卖出六成,这在当时已经算是很好的销量了。更令人欣喜的是,这一年中,《爱玛》在批评界那里得到了前所未有的重视,《绅士杂志》(The Gentlemen's Magazine)和《捍卫者》(The Champion)等8家报纸期刊刊登了书评(Bautz, 2007: 19),甚至连当时最红的小说家司各特都在著名的《每季评论》发表长文,对她加以赞赏。当月16日,奥斯丁写信给侄子奥斯丁-雷,她用了一个著名的比喻,称自己的作品是在"两英寸大小的象牙上用一支细笔精描细绘的(the little bit [two

inches wide] of ivory on which I work with so fine a brush)"①
(Austen, 2011: 337)。至此,奥斯丁为自己留下了一个名垂青史的
妙喻。

---

① 学界对这个比喻有两种解释:其一为精描细绘的象牙微型画(miniature
painting);其二为象牙板,那时英国纸张昂贵,人们用象牙板做记事本或草稿本,五块
长五英寸、宽两英寸的象牙板串在一起做成笔记本样式,擦拭笔迹后可重复使用。

第三章 《拉克伦特堡》：
历史意识的伦理指归

英国在 1800 年再次走到了历史的十字路口。在此不久前的美国独立战争（1775—1783）让英国刚刚建立的殖民霸主威严受损。英吉利海峡对岸也颇不安宁，法国大革命的腥风血雨刚刚消歇，拿破仑又在 1799 年完成雾月政变，独揽军政大权。他在 1800 年 4 月越过阿尔卑斯山攻入意大利，6 月打败奥地利军队，随即英国跟俄国、奥斯曼帝国以及神圣罗马帝国不得不缔结合约，第二次反法同盟宣告解散。英国在北美和欧洲大陆似乎都开始处于下风。在此之际，英国国内也出现了具有历史意义的政治举动，英伦三岛上上下下都在关注并热烈议论爱尔兰跟大不列颠合并的国家大事。1800 年 1 月，英国文坛出现了一本名为《拉克伦特堡》的薄本小说，作者不详，讲述的是一个爱尔兰世家的历史故事。这本书出版得可谓正当其时。小说出版后引起了批评界的关注，《每月评论》（*Monthly Review*）跟《英国批评家》（*The British Critic*）都发表了书评。据称连乔治三世读了之后也甚为高兴，说道："我现在也了解我的爱尔兰臣民了。"（Egenolf，2009：45）3 月 28 日，在首相小皮特等人的力推之下，爱尔兰和大不列颠议会均通过了《联合法案》。8 月 1 日，乔治三世签字，宣布爱尔兰王国跟大不列颠王国正式合并，次年生效。英国总算用法律条文的形式解决了困扰多年的爱尔兰问题。这是继 1707 年英格兰跟苏格兰宣布合并之后,英国历史上的又一个里程碑事件。在这个重要的历史时刻,作为"英国的第一本地域小说(regional novel)"(Hollingworth,1997:1),《拉克伦特堡》给英格兰人呈现了一幅爱尔兰三代世家故事的宏大历史画卷。这部小说篇幅不长,但是风格粗粝,具有浓郁的爱尔兰风格。后来人们知道了它的作者是玛利亚·埃奇沃思。

第一节 被叙述的历史:爱尔兰世家更替的伦理失范

埃奇沃思从小对文学感兴趣,博闻强记,在儿童文学、教育和小说创作方面都颇有建树。埃奇沃思具有严肃的道德观念,很多作品都传达出鲜明的道德教诲声音。在创作上,她受父亲影响很深,有很多作品在出版前都经过了父亲的润色和增删。批评界公认埃奇沃思写于广义的摄政时期初年的《拉克伦特堡》的独特之处在于它不仅是埃奇沃思的第一部小说,而且全由她本人完成,完好地保留了她的个人风格。据埃奇沃思的传记作家玛丽莲·巴特勒考证,《拉克伦特堡》大部分写于 1793—1796 年(Howard,2007:ix)。埃奇沃思并未采用常见的书信体或者第三人称全知叙述,而是延续了笛福《摩尔·弗兰德斯》和阿芙拉·贝恩《奥鲁努柯》的文学脉络,运用第一人称叙述的模式来营造《拉克伦特堡》。她假托一个名为萨迪·夸克的叙述者之口讲述祖辈流传下来的和自己身边发生的故事。《拉克伦特堡》其实就是萨迪所讲述的一段关于爱尔兰大地主拉克伦特家族如何挥霍败家的历史。此书最吸引人的情节在于拉克伦特家族的产业最后落入萨迪的儿子之手。因而萨迪是拉克伦特家族利益的直接相关人,他如何叙述拉克伦特家族历代主人的故事便会对他儿子的产业合法性产生直接影响。叙述者萨迪既有对这个家族古老历史荣光的缅怀,同时在一定程度上又必须为现实中儿子夺取这个古老家族产业的行为进行情感上和道义上的辩护。他是一个被情感左右着的生活在历史和现实夹缝之间的叙述者。

埃奇沃思在《拉克伦特堡》出版时加了一个序言和术语汇编。她在序言中花了很长的篇幅讨论忠实叙述历史可能面临的难题,强调叙述历史之时诚朴、不加雕饰的姿态。为此,她特意预先告知读者,叙述者萨迪在情感上可能存在偏颇。她通过序言的叙述者之口明言,该故事的"作者"萨迪 "是一个不识字的老管家,拉克伦特堡是生他养他的地方,因此难免对该家族有所偏袒,读者很容易就可以发现这点"(Edgeworth,2007:5)①。对读者而言,这是一个容易把握的显在事实。如果说埃奇沃思在序言中对这个问题似乎还有所保留,那待到小说开盘时,她便通过叙述者萨迪之口第一时间对他跟儿子之间的利益关联问题坚决进行了切割。萨迪在小说开篇第一句就说:"出于对这个家族的情谊,我愿意出版这部拉克伦特家族的回忆录。很久很久以来,他们一直惠赠我和家人们以生计,不胜感激。"(8)很快,叙述者语锋一转,说道:"看着我,你很难想象老萨迪我是地产商夸克的父亲;他是一个上等绅士,将老萨迪的话当作耳边风,他一年可不止赚 1500 英镑,他打心底瞧不起老萨迪;他的所作所为跟我没一毛钱关系,我活是拉克伦特家的人,死是拉克伦特家的鬼。"(8)在忠于旧主和祖护儿子这个致命矛盾上,萨迪一开始就表明忠于旧主的心迹,将自己跟儿子杰森·夸克的关系撇得一干二净。看起来,他可以秉持中立,后面即将叙述拉克伦特家族历史之时不会为了维护儿子夺取产业的合法性而故意抹黑旧主。

---

① 本书中《拉克伦特堡》的引文均译自以下版本:Edgeworth, Maria, 2007. *Castle Rackrent*. Indianapolis:Hackett Publishing Company. 由笔者译为中文,后文出现时仅标注原文出处页码,不再另行做注。

小说的一开始，叙述者萨迪就抱着避嫌的初衷，主动提出这个话题来打消读者的疑虑。当然，在故事刚开始之时，萨迪隐藏了儿子夺取拉克伦特家族产业这个信息，只是没头没脑地说了上文那一段话，以示自己跟儿子并非同道中人。在这里，读者并不知道他为何突然要有此一说。

从萨迪的自述来看，他对拉克伦特家族绝对忠诚，跟儿子"篡夺"旧主家业一事毫无瓜葛。然而在叙事进程中，大量细节给读者带来的印象是他似乎并没有自己所说的那么正直。如此令人疑窦丛生的叙述者使得读者对这部小说的阐释出现了极大的差异。学界对《拉克伦特堡》叙述者萨迪的叙事是否可靠，以及人品是否正直等问题一直存在分歧，在 20 世纪后期之前，主流观点"将他在本质上视为一个透明的人物，是一个忠诚、热爱并守望拉克伦特家族荣誉之人，他珍视自己跟家族之间感伤的友谊"(Neill, 2001: 76)。叙述者萨迪是否真的"透明"呢？情况恐怕没那么简单。整个《拉克伦特堡》都是通过萨迪之口叙述的，他的叙述是否可靠就成为理解该书的关键所在。在萨迪口中，他自己为拉克伦特堡家族感到无比骄傲，因为他们是"王国内最古老的几个家族之一"(8)。萨迪一开始就追溯了拉克伦特家族的渊源。他特地指出，他们家世代服侍的拉克伦特家族，并不是真正地"根正苗红"。他们的名位和家业源于一次意外的死亡事件：帕特里克爵士的表兄、拉克伦特家族的主人塔利胡·拉克伦特在打猎中不幸去世，拉克伦特家族的名号和产业便由帕特里克爵士继承。拉克伦特家族的四代主人均脾气暴戾、挥霍无度、嗜酒如命，都不是真正意义上的好人。帕特里克爵士死于纵酒作乐。萨迪的叙事价值判断并不公允，他带着对旧主的爱戴之心讲述帕特里克爵士如何在宴会上暴饮暴毙，认为"在本国过去从没有，现在也没有任何绅士比他更受穷人和富人的共同爱戴。他的葬礼是本郡空前绝后之盛事"(10)。接下去他用饱满的热情描写当地十里八乡的民众如何争相以看一眼他的灵柩为荣。然而萨迪的语气马上一转，提到有一群债主闯入，以抢夺灵柩来逼债。萨迪用看似不经意的方式"客观"呈现出帕特里克爵士的逝世和葬礼，但其实他是一个深谙听众和读者心理的叙述者。他非常巧妙地避免对旧主进行任何个人化的负面评价，反而用热情洋溢的语气不停褒扬旧主以示忠心。同时，他在叙述过程中又陈列了很多不利于旧主的事实（如上文债主抢夺灵柩一事），让读者通过这些事实来琢磨出帕特里克爵士为人处世的荒谬无稽。后面的几位继承者越发骄奢淫逸、行为乖张，家境每况愈下，入不敷出，到最后，拉克伦特堡的败家子孔蒂爵士将整个家业拱手相让给萨迪的儿子杰森·夸克。萨迪并没有直接批评拉克伦特家族的伦理失范行为，以此显示他对旧主的尊重与维护，但是他在叙述过程中用冷静的语气给读者呈现了一幅幅拉克伦特家族历代主人荒淫无度的图景，让读者在不知不觉中对他们做出了负面的价值判断。虽然叙述者萨迪似乎在偏袒维护自己的东家——爱尔兰庄园主拉克伦特家族，我们还是可以发现拉克伦特家族几代继承人都是挥霍无度、道德低劣的败家子。萨迪通过自己的叙述，用釜底抽薪的方式将拉克伦特家族的外在荣耀一一化为乌有，为儿子背主求荣、抢夺拉克伦特家族产业创造了合法性。

　　萨迪的叙述过程中充满了各种矛盾与断裂，形成了一个个伦理结。"伦理结是文学作品结构中矛盾与冲突的集中体现。伦理结构成伦理困境，解释文学文本的基本伦理问题。在通常情况下，伦理结属于文学文本的横向结构，文学文本的伦理结只有同伦理线结合在一起，才能构成文学作品叙事的伦理结构。"（聂珍钊，2014b：258-259）下面让我们来考察一下萨迪叙述过程中的伦理结如何形成了较为明显的伦理线，并对小说叙事进程产生构型影响。

第二节　历史小说叙事进程与伦理线的构型

《拉克伦特堡》是一本带有鲜明时代特色的小说,埃奇沃思自始至终都在给读者营造逼真的印象,使他们相信这是一本讲述真实故事的作品。《拉克伦特堡》的结尾以编辑的口吻说明小说并未过于夸张和渲染,而是如实记载爱尔兰人的生活方式,这样做的初衷是"在英格兰读者眼前展示或许不为他们所知的典型风俗和人物。爱尔兰人的家庭习俗或许是所有欧洲民族中最不为英格兰人所知的,直到最近几年才略有改善"(Edgeworth,2007:64)。小说以第一人称形式叙述故事,一开始叙述者萨迪就明言,自己有个外号叫作"老实人萨迪"(honest Thady),意在告诉读者,自己说话是真实靠谱的。埃奇沃思无疑使用了反讽手法。随着叙事进程的推进,读者可以发现萨迪并非一个真正的老实人。叙事进程是情节展开的轨道。作为能动经验的叙事概念,进程指的是"一个叙事借以确立其自身前进运动逻辑的方式,而且指这种运动自身在读者中引发的不同反应"(费伦,2002:63),进程可以通过在故事层引入不稳定性(人物之间或内部的冲突关系)而产生,也可以通过在话语层引入张力(作者与读者或叙述者与读者之间的冲突关系,它涉及价值、信仰或知识等方面的差异)而产生。《拉克伦特堡》的叙事进程就涉及话语层作者、读者、叙述者之间复杂的冲突关系,而且跟小说伦理线的构型具有密切关系。在文学伦理学批评视野下,"伦理线是作品的骨骼,伦理结是作品的血肉"(聂珍钊,2014b:259)。伦理线是"文学文本的线形结构",它的作用是"把伦理结串联起来,形成错综复杂的伦理结构","在文学文本的伦理结构中,伦理线的表现形式就是贯穿在整个文学作品中的主导性伦理问题"。(聂珍钊,2014b:265)凡是阅读《拉克伦特堡》的读者基本不可能对小说的主要命题视而不见,那就是早期爱尔兰文化的蛮荒状态以及土地主阶级奢侈腐化的生活方式。《拉克伦特堡》的伦理主线就是拉克伦特家族的没落和萨迪儿子巧取豪夺成为拉克伦特堡主人的过程。

埃奇沃思曾在书信中提到,"《拉克伦特堡》唯一真实取材于生活的人物就是叙述者萨迪。他是一个老管家,我第一次来爱尔兰,就被他的方言和个性所吸引,我对他熟悉得很,可以毫不费力地模仿他的口吻,出于好玩就用他的语气写了一个家族的历史故事,就像他在我身边口述,我执笔抄录一样。所有人物都是虚构的"(转引自:Lawless,1904:88)。埃奇沃思在1834年9月6日写了一封给斯塔克夫人(Mrs. Stark)的长信,专门谈论自己的写作理念。她提到自己自年轻时代起就不喜欢将真人故事带入小说创作,即便要使用真人真事也会进行艺术加工,刻意制造差异。同时,她还尤其强调小说的教诲作用,提到自己小说创作寓教于乐的理念:"大善大恶激起强烈的热情和激烈的恐惧,但其实我们该用劝诫或实例警醒世人的并不在此,而在于一些更小的过错。"(Edgeworth,1895:606)她认为世人不容易犯下大错,读者一般很少有大奸大恶之人,但是在一些小问题上容易跨越道德的界限,因此作家要"让他们看到一条陡峭的路,开始只是略有倾斜,一步步朝下而去,他们便会战栗惊惧"(Edgeworth,1895:607)。《拉克伦特堡》就是一部完美体现埃奇沃思这一写作伦理取向的小说,它讲述的就是古老而显赫的拉克伦特家族在数代之间土崩瓦解的故事。

萨迪在小说叙事进程中涉及拉克伦特家族的四任主人:帕特里克爵士、穆塔爵士、基特爵士、孔蒂爵士。萨迪围绕这四个主人讲述拉克伦特家族的故事。在萨迪口中,他们每个人都看似具有贵族的英雄气,实际上都是不折不扣地腐朽堕落到极点。埃奇沃思围绕这几个人的荒唐事编织出了一系列的伦理结,它们在叙事进程中属于横向发展结构。埃奇沃思通过将这四个人的故事串联起来,形成更为复杂的伦理结构,纵向发展成整部小说的伦理线:从首任主人帕特里克爵士意外继承家业到最后一任主人孔蒂爵士葬送家业,拉克伦特家族日益腐朽没落,最终分崩离析,消失在历史长河之中。从首任主人帕特里克爵士到最后一任的孔蒂爵士,《拉克伦特堡》的故事形成了一个值得人引起注意的循环。孔蒂爵士用家中仅剩的100几尼跟别人赌钱,用曾祖父帕特里克爵士留下的巨大牛角杯装满了酒并一口气喝光,当场就醉倒不省人事,不到一周便去世,奄奄一息的他身边仅有萨迪陪伴。他留下的遗言是"孔蒂爵士做了一辈子傻瓜"(63)。如果说帕特里克爵士和穆塔爵士生活的年代久远,跟萨迪并没有多少交情,那么孔蒂爵士确是萨迪侍奉了一辈子的主人,彼此之间接触时间最久,感情最为深厚。然而奇怪的是,萨迪还是将冷淡的姿态一以贯之,并没有对孔蒂爵士有太多的评价,只是在讲述完孔蒂爵士的遗言之后,说了一句:"他的葬礼确是很寒酸。"(63)回望小说开头之时,在萨迪看来,帕特里克爵士的葬礼之隆重可谓前无古人、后无来者。从拉克伦特家族两任主人的葬礼氛围差异,可以看出整个家族从辉煌走向寂寥的没落与酸楚。

埃奇沃思无疑对小说的真实与虚构问题非常关切,她在《拉克伦特堡》的序言伊始处就讨论了小说与历史的问题:"人们最好趣闻轶事,想要拥有更高智慧品格的批评家们对此颇为不齿;如若以理度之,这一爱好恰恰最适于证明当时的良好理智与哲思兴味。"(3)埃奇沃思正是带着这种理念写作了《拉克伦特堡》。萨迪家世代都是拉克伦特家的仆人,是百余年家族历史的亲历者和见证者,知道大量外人所不知的轶事。萨迪在讲述拉克伦特家族四代主人的生死故事的同时,满足了读者窥探名人家庭隐私的癖好,也将拉克伦特家族描写成了一个腐朽荒唐之物。正是在此基础上,整部小说的伦理线慢慢成形,支撑起整部小说的叙事。

第三节 《拉克伦特堡》与埃奇沃思的历史意识

但凡谈起《拉克伦特堡》,爱尔兰历史是一个无法回避的话题。因为涉及英国对爱尔兰的占领和历史纠葛问题,已有不少学者从后殖民角度对这部小说进行了解读。这部小说经由拉克伦特家族的老管家萨迪之口被叙述出来,因而甚至有的评论家将它称为"奴隶叙事"(slave narrative)(Cochran,2001:57)。詹姆斯·纽卡麦指出:"真正的萨迪反映了被损害的爱尔兰农民的智慧和力量,以后几代爱尔兰农民将会不断揭竿而起。要说萨迪愚昧无知倒不如说他有手腕,与其说他多愁善感还不如说他冷漠无情,与其说他迟钝还不如说他精明,与其说他糊涂还不如说他清醒,与其说他听信别人还不如说他自有心计。我们认为真正的萨迪可爱之处较少,但现在我们却应对他有几分钦佩。"(转引自:陈恕,2006:110)

跟 18 和 19 世纪英国大部分小说一样,《拉克伦特堡》也有一个冗长的副标题:"一个源于事实和 1782 年爱尔兰乡绅风俗的爱尔兰传说"。从副标题可以看出,埃奇沃思有意凸显 1782 这个特殊年份。要真正理解 1782 年在英格兰和爱尔兰历史上的特殊地位,得回到 1171 年的那个源头。当年 10 月,金雀花王朝缔造者亨利二世亲率大军渡海征讨爱尔兰,这是英格兰统治者首次踏上爱尔兰的土地。4 年后签订的《温莎条约》迫使爱尔兰承认英国的最高宗主地位。1542 年,都铎王朝的君主亨利八世通过《爱尔兰王位法案》成为爱尔兰王国的国王,加强了对爱尔兰的控制。数百年间,英格兰跟爱尔兰之间的恩怨纠葛从未停歇,大小起义和各种冲突数不胜数,在英国历史上,这不是什么新鲜事。1641 年就爆发过一次大规模起义,1649 年克伦威尔亲率大军远征爱尔兰,清剿叛乱。此次冲突持续了 10 余年之久，对双方造成了严重损失。18 世纪下半期的美国独立战争和法国大革命为爱尔兰的民族独立意识带来强刺激。1782 年爱尔兰议会被准许部分自治，获得了独立的立法权，进入了爱尔兰独立立法跟英王派总督行政管辖的共治时期。对一些爱尔兰人而言，1782 年的这个政治事件具有重要意义，它"重新带来希冀，有望为爱尔兰带来一个强大而有尊严的民族身份"（Howard，2007：xvi）。在此期间，爱尔兰人为抵抗法国和西班牙的入侵建立了规模达数万人的志愿军，后来转而变成对抗英国政府的武装力量。英国政府做出了让步，在经济方面采取了一些绥靖政策，如允许爱尔兰跟北美殖民地进行贸易以及扩大贸易自主权，但是爱尔兰人的民族情绪一直在不断发酵。爱尔兰本地人大都属于凯尔特人后裔，民族意识强烈，宗教上信仰天主教，跟英格兰文化格格不入，各种反抗和起义此起彼伏，英国始终无法对爱尔兰形成有效控制，影响力基本局限在都柏林一带。

　　1798 年 5 月，都柏林一带爆发密集的起义，群起反抗大不列颠王国的统治，转向公开武力叛乱。作为君主的乔治三世和时任首相的小皮特为此事焦头烂额。乔治三世是英国历史上在位时间最长的国王，在罹患精神疾病失去行动力之前的 1760 年登基时，英国在反法对决的"七年战争"（1756—1763）中获胜局已经明朗，在走向最大殖民帝国的道路上大踏步前进。然而不久之后，乔治三世治下的英国在海外殖民地问题上遇到了重大挫折。1775—1783 年的美国独立战争让英国的殖民雄心和乔治三世的自尊心受到严重打击。如果说远在天边的北美殖民地在政治和军事上无损帝国本土根基，那么此次近在卧榻之侧的爱尔兰则完全是两码事。

　　《拉克伦特堡》副标题所提及的 1782 年，对埃奇沃思本人也是一个重要年份，那年 14 岁的她完成了学业，从英国来到爱尔兰。埃奇沃思的父亲身兼数职，既是作家又是发明家，在 1798 年还被选为议员。1798年5月爱尔兰叛乱爆发时，埃奇沃思一家正在为埃奇沃思先生筹备续弦的婚礼。5月31日，埃奇沃思先生跟鲍福特小姐（Miss Beaufort）在都柏林的圣安妮教堂完婚。据鲍福特记载，他们一家在去教堂的路上还碰到了伏击的叛军，目睹了叛军实行绞刑的骇人景象（转引自Edgeworth，1895：54-55）。从现存史料来看，埃奇沃思在1798年6月至10月间仅存的几封书信中讨论的都是叛乱之事。在这个战乱频仍的年代，埃奇沃思并没有停止写作，她不仅在当年跟父亲合作出版了从哲学和科学角度讨论儿童教育的《实用教育》（*Practical Education*）一书，还在筹划出版自己的《拉克伦特堡》。"正当埃奇沃思修订《拉克伦特堡》准备出版之际，1798年爱尔兰叛乱爆发了。埃奇沃思也切身体会到了国家政局的动荡。9月4日，人们风传叛军在法国支持下到达了（他们居住的）埃奇沃思镇，埃奇沃思一家仓皇逃往数英里外的朗福德避难。"（Howard，2007：xviii）埃奇沃思在9月5日惊魂未定地给姑妈写信，一开始就告诉她全家刚刚幸运地逃过了两次叛军扫荡，避开了一次军火车爆炸（Edgeworth，1895：58）。9月至10月她写给表妹苏菲的三封信中都在报平安，劫后余生的喜悦溢于言表（Edgeworth，1895：65）。

　　埃奇沃思于1768年出生于英格兰东南部牛津郡的布莱克伯顿，父亲是爱尔兰后裔。她在5岁时随父亲搬到爱尔兰中部的埃奇沃思镇的祖宅，几个月之后又被送回英格兰接受教育，1782年返回爱尔兰生活。埃奇沃思家在埃奇沃思镇拥有一座庄园。埃奇沃思曾描述自己在青年时代再次回到爱尔兰时对这片土地和家园最直观的感受："目光所及之处，屋里屋外尽是一片潮湿和倾颓衰败之象。墙漆、玻璃、房顶、篱笆等诸多地方都缺乏整饬。后院和门前到处都是游手好闲的人、随从和前来申冤的人，各类佃户、车夫和代理人都在等着被接见，个个牢骚满腹，心怀鬼胎，相互指责不休。庄园主身兼土地主和地方治安官，不得不面对永无休止的各种抱怨投诉、口角争论与含糊其辞，根本无法得到真相，也不能做到公平。"
(Edgeworth，1820：2)跟文明程度较为开化、经济较为发达的英格
兰相比，爱尔兰显得更加蛮荒和落后。埃奇沃思将这个印象烙印在
《拉克伦特堡》之中。玛丽莲·巴特勒指出，或许埃奇沃思对自己在
《拉克伦特堡》中过于凸显爱尔兰愚昧和落后这一面的做法心怀内
疚，于是在1802年出版了《爱尔兰牛》(Irish Bulls)一书来宣扬爱尔
兰本土语言文化中活泼生动的一面(转引自：Howard，2007：1)。
作为描写一个贵族家庭四代生活经历的世家小说，《拉克伦特堡》着
眼于历史，从拉克伦特家族百年间由盛转衰的故事切入爱尔兰民族
和大英帝国之间更加宏阔的恩怨纠葛。《拉克伦特堡》描写爱尔兰
的地域文化和往昔历史，凭着政治应景和题材新颖之故，不仅成为
当时英国文坛的流行作品，还被翻译成法语和德语，传播到欧洲。
更为重要的是，它在英国小说史上还有另一个重要作用就是对司各
特的历史小说创作产生直接影响①，成为英国历史小说的重要源头。

---

① 司各特在他的首部历史小说《威弗莱》的序言中直接提到自己受埃奇沃思爱
尔兰世家故事小说的影响。

第四章　从《威弗莱》看市场经济时代的道德情操

1820 年 1 月,摄政王登基成为乔治四世,3 月底就在伦敦册封司各特为从男爵,这是他正式执政后册封的第一个爵位,可见他对司各特的高度重视。1822 年 8 月 14—29 日,乔治四世巡访苏格兰,在那里住了半个多月,此为英国内战(1642—1651)以后 171 年间首位造访苏格兰的英国国王。司各特全程参与接待,主管仪仗工作,得到了乔治四世的好评。① 司各特跟乔治四世的交往缘起于他的小说《威弗莱》,这部作品不仅在市场上引起了巨大反响,还引起了宫廷的注意。《威弗莱》出版后的次年(即 1815 年)3 月,摄政王就通过时任海军部秘书兼国会议员的 J. W. 克洛可(J. W. Croker)安排召见司各特共进晚餐。司各特长袖善舞,活跃在摄政时期英国上流社会和文学市场的最前线,成为红极一时的文化名人。司各特出生于爱丁堡的望族,小时因小儿麻痹症而落下轻微腿疾,大学毕业后做过律师,当过苏格兰地方行政官员,33 岁出版《苏格兰边区歌谣集》(*Minstrelsy of the Scottish Border*),由此开始了诗歌创作生涯,创作了《玛密恩》(*Marmion*)和《湖上夫人》(*Lady of the Lake*)

---

　　① 可参见拙文:陈礼珍,2017."身着花格呢的王子":司各特的《威弗莱》与乔治四世的苏格兰之行. 外国文学评论(2):27-43.

等深受好评的长诗。1813 年前后，他又开始向小说写作转型，完成了"威弗莱"系列小说，成为历史小说的奠基人，开创了一番名垂青史的文学伟业。

"威弗莱"系列小说是那个时代最畅销的文学作品，从文学市场的传播情况来看，历史小说毫无疑问地垄断了 19 世纪初期英国小说出版市场。据文学历史学家威廉·圣克莱尔考证，在始于 1815 年的 20 年左右的时间里，在所有新写的小说和罗曼司里面，司各特的《盖伊·曼纳林》(*Guy Mannering*)销量为 5 万册，《威弗莱》销量为 4 万册，《红酋罗伯》(*Rob Roy*)销量为 4 万册，其余 20 余部"威弗莱"系列小说各有 1 万—3 万册；相比之下其他作家作品的销量则少得多，最多的是弗朗西斯·伯尼的《卡米拉》(4000 册)，然后是约翰·高尔特、威廉·戈德温(William Godwin)、玛利亚·埃奇沃思、简·波特、安·拉德克里夫等人的作品，每人数千册，然后是简·奥斯丁的《傲慢与偏见》(两三千册)、《爱玛》(2000 册)，玛丽·雪莱的《弗兰肯斯坦》(1000 册)，詹姆斯·霍格(James Hogg)的《一个清白罪人的忏悔》(*The Private Memoirs and Confessions of a Justified Sinner*，1000 册)(St. Clair，2008：41)。[①] 这些作家中，高尔特、埃奇沃思和波特也都以历史小说闻名。由此可见，历史小说成为横扫 19 世纪初期英国文坛的洪流。这股洪流的源头是司各特于 1814 年 7 月匿名出版的《威弗莱》。

历史小说在摄政时期快速兴起，这一历史事件背后存在着市场和资本的强大推力。乔治·卢卡契(Georg Lukács)在《历史小说》(*The Historical Novel*)中曾提到经济学跟历史小说兴起之间的关联，对詹姆斯·斯图亚特(James Steuart)和亚当·斯密的经济学理论跟历史小说兴起之间的关系做了简要分析。卢卡契从马克思主

---

① 以上数据均不包括全集、进出口图书和盗版图书。

义观点出发,批评斯图亚特和斯密的资本与劳动理论,认为这些经济学家"以直觉准确观察到了,然而却忽视了存在于实践之中的历史感的重要意义,也忽视了从当下历史具体性中做出可能的归纳概括,我们所讨论的那些以前的伟大的英格兰社会小说面临同样的情形"(Lukács,1983:21)。卢卡契认为斯图亚特等人的缺点在于"没清楚地将历史视为一种过程,视为形成当下的具体先决条件"(Lukács,1983:21)。在卢卡契看来,斯密和斯图亚特等人的经济学理论对历史的理解尚未达到司各特等历史小说家的高度。作为马克思主义理论家,卢卡契极为重视小说艺术形式跟经济与社会之间的共生关系,或许由于主题与篇幅的原因,他并没有深入论述斯密等人所关注的市场经济力量对英国历史小说在 19 世纪的勃兴起到怎样的推动作用。自卢卡契之后,凯瑟琳·萨瑟兰(Kathryn Sutherland)和伊恩·邓肯(Ian Duncan)等人顺着这个脉络进一步论述了斯密等人的经济学理论对司各特的影响,同时威廉·圣克莱尔以及马修·罗林森(Matthew Rowlinson)等人从出版业跟货币角度研究了司各特所在时代的整体图景,这些研究都深化了人们对司各特历史小说文本的认知(Sutherland,1987;Duncan,2007;St. Clair,2008;Rowlinson,2010)。笔者认为,学界仍需进一步整合上述两大研究视角,较为系统地研究市场经济体制下文学出版业如何助力历史小说的迅速发展,引导甚至孵化司各特等人的历史小说写作,进而参与到历史小说生产的实践过程。有鉴于此,笔者以首部严格意义上的历史小说《威弗莱》的生产和流通过程为切入点,论述历史小说的兴起跟当时文学出版市场之间的合力关系。

第一节　历史小说的源头与《威弗莱》背后的资本力量

　　历史小说早在 18 世纪下半期就已零星出现在英国文坛，当时涌现出了克拉拉·里夫(Clara Reeve)和贺拉斯·沃坡尔(Horace Walpole)等写作历史题材小说的作家，但是学界一般认为严格意义上的历史小说发轫于苏格兰作家司各特在 1814 年出版的《威弗莱》。历史小说并没有发端于英格兰或者欧洲大陆，而是兴起于边陲之地的苏格兰和爱尔兰。司各特在 19 世纪初期的文学体裁写作转型恰恰迎合了当时英国文学市场民众审美趣味和消费模式的重要变化。

　　到了 18 世纪末、19 世纪初，文艺复兴的余韵早已消散，在工业化和城市化这两大历史进程伟力的叠加推动下，英国加快向现代社会和消费社会转型，此时的文学更加关注世俗生活和个人体验，消费市场的受众群体进一步扩大。中产阶级的崛起对文学的发展产生了拉动效应。印刷和造纸领域的技术革新让书的制作变得更加高效和便宜，1807 年富德里尼耶兄弟(Henry and Sealy Fourdrinier)改进发明的造纸机在伦敦开始商用，到 1825 年，英格兰一半的纸张都由机械制造；1814 年，弗雷德里克·柯尼希(Frederick Koenig)改进发明的蒸汽驱动滚筒印刷机在伦敦投入使用，对出版业和文学市场有着划时代的意义(Howsam, 2015：146-147)。越来越多家庭可以购买更多的图书以供教育子女和休闲阅读。随着读者阶层自 18 世纪下半期以来的不断沉降，中产阶级和劳动阶层产生了越来越大的阅读需求，随之应运而生的租借图书馆直接锁定了这个庞大的小说读者群体，为他们提供价格相对低廉的图书租赁服务。托马斯·威尔逊(Thomas Wilson)在 1797 年出版的图书管理专著中对租借图书馆做过经济效益核算,他认为租借图书馆应该主要服务于中下层民众,一个 1500 册容量的图书馆的理想模型设计是 1050 卷小说、130 卷罗曼司、60 卷历史书、60 卷神学书、40 卷故事书、30 卷诗歌、30 卷传记、30 卷艺术与科学书、20 卷戏剧书以及少量旅行和轶事书等其他题材的书(转引自:Stevens,2010:54-55)。

　　跟 19 世纪众多小说一样,《威弗莱》采用的是通行的三卷本装,这种装订模式可以使租借图书馆的会员制借阅流通模式得以利益最大化。司各特和出版商对《威弗莱》的畅销程度信心十足,将每卷定价设为 7 先令(高于当时每卷 5—6 先令的普遍市场价),但是读者仍然为之疯狂,7 年之内印刷了 8 次;到了 1819 年,《艾凡赫》(*Ivanhoe*)出版时的价格甚至提到了每卷 10 先令(Eliot,2001:37-38)。即便如此,司各特的历史小说仍然不断热卖,在英国文坛产生了持续的轰动效应。

　　早在 1810 年,司各特刚正式决定续写完《威弗莱》之后不久,就开始在报纸上刊登新书预告,以招揽读者;1814 年 2 月,新书发行在即,出版方开始加大推销力度,到了 7 月出版之时更是在伦敦众多报纸上密集推销,当时三大主流报纸《纪事晨报》(*The Morning Chronicle*)、《晨邮报》(*The Morning Post*)和《星报》都曾刊登过司各特《威弗莱》小说的发行广告(Mandal,2007:170)。现存档案显示,司各特跟不同出版商之间有大量通信,协商版税、版权、码洋、付款方式等内容。司各特在早期出版诗歌作品时大都是一次性售出版权,比如说 1810 年出版的《湖上夫人》获得的版权费约合 3333 英镑,这在当时是一笔相当可观的收入。后来此书大卖,在 20 年间售出 5 万多册。待到《威弗莱》出版时,司各特拒绝了出版商康斯坦布尔(Constable)买断版权的提议,最终商定他享有的版税为此书销量利润的 50%。他在 1814 年 2 月 26 日致詹姆斯·巴兰坦(James Ballantyne)以及 7 月 22 日致康斯坦布尔的信中都严肃而细致地讨论了这个问题(Scott，1932：414，469)。在《威弗莱》之后，司各特采用了各种灵活的版税结算方法，根据书稿质量和市场需求不断进行调整。从现存史料来看，整体而言，作为当时最著名的小说家，司各特在跟出版方签订各种合约时基本都处在有利位置。他的文学才华和市场价值潜力得到了资本的充分认可。

第二节 来自出版业的推力：《威弗莱》
与司各特的写作转型

《威弗莱》选取的历史背景是苏格兰高地詹姆斯党人在 1745 年的叛乱事件，它深刻地改变了苏格兰的历史进程。叛乱被镇压以后，苏格兰高地氏族社会土崩瓦解，苏格兰加速从农业经济向工商业经济转型。与此相伴相随的是在 18 世纪下半期苏格兰文化史上出现了"启蒙运动"和"文学复兴"双流并行的壮观景象。苏格兰首府爱丁堡成为英国的学术和出版中心。苏格兰出版业在 19 世纪初迎来了"黄金 30 年"，这个黄金时期恰恰见证了司各特所引领的历史小说的兴起。威廉·圣克莱尔指出，学界认为英国直到 18 世纪才出现读者公众群体，并且那时商业市场已经真正代替贵族赞助人制度(patronage)，成为推动文学市场前进的主导力量(St. Clair，2004：20)。司各特在 1805 年左右开始了从诗歌到小说的转型，他的转型跟出版商穆雷的引导有着密切关系。现存档案显示，司各特的首部历史小说《威弗莱》最早构思和写作于 1805 年，仅仅写作了 7 章他就将其搁置起来，直到 1810 年左右才开始续写和修订。在正式续写《威弗莱》之前，司各特已经以中世纪为题材写了长诗《玛密恩》和《湖上夫人》，年轻有为的穆雷从销售这两本书开始通过书商康斯坦布尔跟司各特建立了业务关系。根据穆雷的请求，司各特在

1807—1808 年续写了已故古文物学家兼文学家约瑟夫·斯特拉特
(Joseph Strutt)的遗稿——中世纪骑士传奇小说《女王呼厅传奇》
(*Queenhoo-Hall: A Romance*)。该作品描写了亨利六世时期发生的
故事,出版之后销量和反响都并不太好。司各特将此书失败的原因
总结如下:语言太过古奥以及古文物知识使用过于泛滥,殊为"作茧
自缚"(Scott, 1831:72-73)。于是他告诫自己在写作的语言方面要
"避免此种错误",而在内容上他认定"更为晚近的事情定然比骑士
故事更受欢迎",此时他便想起了自己数年前写了几章就弃置的小
说《威弗莱》(Scott, 1831:73)。《女王呼厅传奇》是司各特和穆雷
之间的首次单独合作,将司各特的创作精力转移到了散文写作,而
且促发和引导司各特重启他的历史小说《威弗莱》的写作计划。从
这个意义上来说,《女王呼厅传奇》的续写是司各特从诗歌创作向小
说创作转型的关键节点。

　　司各特在自传中讲述了《威弗莱》一书的创作缘起,最初的设想
是写成沃坡尔的《欧权托城堡》(*The Castle of Otranto*)样式,铺设
有众多苏格兰边境人物和超自然事件(Scott, 1831:69)。《威弗
莱》是司各特自己的首部小说,从一开始他就在谋求突破,要同先前
的流行小说传统决裂,这从他对书名兼主人公名字"威弗莱"
(Waverley)——那个"没有被玷污"(uncontaminated)的名字
(Scott, 2015:3)以及副标题"往昔六十年"('Tis Sixty Years
Since)的缘起的说明可以看出来。司各特在第一章"开场白"中对
此做了详细介绍,他不仅直接点名讽刺《尤多尔佛之谜》(*The
Mysteries of Udolpho*)之类的哥特小说叙事传统,而且将情感主义
小说、骑士传奇小说和情感婚恋小说等当时流行的小说样式一并揶
揄个遍(Scott, 2015:3-4)。

　　司各特采用匿名的形式出版《威弗莱》,最初动机在于他认为此
书是一次新文学形式的实验,可能不一定符合公众的品位,恐怕会

招致恶评，为此他不惜请人重新誊写手稿再交至出版社，以达到保护隐私之目的（Scott，2015：355）。值得注意的是，司各特并不是刻意创造出"历史小说"这种文学类型的，当时他想做的或许仅仅是为了写出受读者喜欢的畅销作品。在转型到小说创作之前，司各特在英国文坛已经享有诗人的盛名。司各特于1814年7月匿名出版《威弗莱》，但是不少文学圈内人士根据题材和语言风格立刻猜出作者就是他，比如说奥斯丁在9月18日致侄女安娜的信中就对司各特转行写小说表达了复杂情绪："司各特不应该写小说啊，尤其是好小说。这不公平。作为诗人他已经名利双收了，不应该再到别人嘴里抢食。我不喜欢他，可是我真的没法不喜欢《威弗莱》。"（Austen，1884：317）从奥斯丁颇带嫉妒的语气里可以看出司各特从《威弗莱》开始转行写作小说给同辈小说家带来的巨大压力。

《威弗莱》出版以后，受欢迎的程度超乎想象，当年就重印了4次，随后不断重印。在重印过程中，司各特会按照小说的出版惯例，在一些重要的重印或者修订版发行时题写序言和致辞，以此作为辅文来澄清读者的疑问或者进行故事写作背景介绍。当时出版商通常要求作者修订讹误，并写序言或注释，这样就能以新版本的名义重新发行，赚取可观利润。此举虽不受法律保护，但已是业内行规（St. Clair，2008：42）。等到1829年"巨著"版全集出版时，司各特敬题致辞，将此书献给国王乔治四世，还为全集写了总序，并为《威弗莱》分卷写了导论和注释。司各特以文立身，历史小说的成功为他带来了巨额的经济收入，同时也给他带来了崇高的社会地位，其中最典型的是1820年他被乔治四世封为从男爵。社会名誉上的成功又反过来提升了司各特作为小说作者的市场身价和地位。

第三节 "《威弗莱》作者"与激进投资者:双面司各特

司各特所在时代的苏格兰文坛是一个高度市场化的领域,司各特在其中应对自如。跟大部分职业作家不同,司各特兼具文学家、律师、社会活动家和商人的多重身份,他在自己的文学叙事中对经济问题表现出了高度关注,《古董家》(*The Antiquary*,1816)、《艾凡赫》等作品描写了大量与借贷、交易等相关的经济活动。不仅如此,司各特还参与过一系列实业投资活动,当过爱丁堡油气照明股份制公司(Edinburgh Oil Gas Light Company)主席,还以合伙人的身份开展了大量与出版有关的业务,其中最重要的一项活动是他在1805年以秘密入股的方式投资同学巴兰坦兄弟办的"巴兰坦印刷厂"。很明显,司各特试图打通文学生产和文学流通两个环节,在文学市场上赚取双倍利润。他向印刷厂的合伙人声明自己态度明确,不管有任何写作或者编辑工作,都会交付这个印刷厂印制相关印刷品。《威弗莱》出版以后轰动了英国文坛,销量惊人,于是此后出版类似题材的历史小说时,他和出版商决定采取策略,充分发掘文学市场的消费潜力,使用"'《威弗莱》作者'出品"进行市场推广,将此书的轰动效应最大化,打造出一个具有高度读者黏性的文学品牌。

在罗林森看来,司各特匿名使用"《威弗莱》作者"来打造出一个"威弗莱"系列小说,这不仅是因为小说主题统一和内部形成线索呼应的文学内部需要,还有外部强烈的经济驱动力量——版税支付方式:"使用汇票的方式分期支付,可长达数年,司各特发现如果他的名字不出现在交易中,更容易将未到期的汇票进行贴现。"(Rowlinson,2010:21-22)司各特之所以需要在汇票到期前就到银行贴现汇票,提前支取现金,是因为他经常生活在财务窘迫状况之中，需要不断筹资以抵偿花销与债务。司各特留下的书信和日记里随处可见他向出版商催要稿费、向别人付款以及经济拮据的状况，这在他晚年生活中的频率尤其高。

随着19世纪前期拿破仑战争带来的民族主义思潮，欧洲各国开始关注历史与民族认同问题。到了司各特构思与写作《威弗莱》的年代，英国文坛的主流风尚已经从18世纪中后期的情感主义切换到对久远历史事物的浪漫化情愫。司各特的小说抓住了当时文学市场的最新风向，极受欢迎，销量巨大，因此他也获得了巨额财富。司各特的写作恰逢其时，1814年5月英国颁布了重新修订的《版权法》(Copyright Act)，延长了作者的版权保护期限，使作者可以获得更多的版权收益。据威廉·豪威特(William Howitt)的统计，司各特的21部小说给他带来了46万英镑的巨额财富(转引自：David，2015：294)。档案数据显示，司各特有4部小说总体收入均超过4000英镑，最高的是1822年出版的《海盗》(*Pirate*)，达到惊人的5928英镑；除此之外他的其他历史小说带来的收入也是别的作家平均收入的7倍(MacGarvie & Moser，2015：373)。总体而言，处于历史小说创作高峰阶段的司各特每年收入丰厚，稿费和版税收入每年在1万英镑以上，除此之外每年的法律工作可以获得1600英镑，还有其他杂项收入400英镑(Crockett，1905：49)。在当时的英国，这是一笔巨额财富。①

司各特在19世纪初的英国文学市场上可谓风光无限，他的身份在生产者、消费者和投资者之间也是频频切换，不断将小说写作带来的收益投入消费之中。司各特的生活花销一直很大，自从1820年被乔治四世封为从男爵以后，各项开支更是急剧增加，经常出现

---

① 当时英国普通中产阶级家庭年收入约为几百英镑。《傲慢与偏见》中收入最高的两位贵族人士——宾利先生和达西先生年收入分别约为5000英镑和1万英镑。

入不敷出的情况。为了抵销巨额开销，司各特经常采取提前支取稿酬和版税的办法。查尔斯·S. 奥尔科特（Charles S. Olcott）梳理史料时发现了一个典型的例子：1822 年司各特尚在筹备出版《尼格尔的家产》（*The Fortunes of Nigel*）之际，就签订了 4 部小说的出版合同，并且从出版商那里提前预支了费用，这些书连名字都还没想好，稿费就已到手，用于阿布茨福德庄园的建设（Olcott，1913：404）。

市场经济体制下的英国文学和出版市场给司各特带来了名誉和巨额财富，然而他没能有效管理家政和投资业务的收支平衡，建造庄园宅邸等事项的开销给他带来了巨大的经济压力，最终压垮他的是 1825 年爆发的世界历史上的首次经济危机。这次经济危机产生的背景是产能过剩以及金融市场系统崩溃。1825 年年底，司各特入股的巴兰坦印刷厂在大规模的金融危机冲击下宣告破产，给他留下约 11.7 万英镑的巨额债务，造成他人生中最大的经济困境。12 月 18 日晨，巴兰坦登门将确切消息告诉司各特。当天，司各特用平静的语气在日记里记了一句："我的大限已至。"（Scott，1890：51）此时的司各特健康状况已大不如前，可是他在这个问题上表现出了令人敬佩的道德勇气，并没有宣布破产来躲债，而是公开表态自己将继续写作，卖文还债。司各特加大了写作的劳动强度，继续写作历史小说、历史教科书以及各式文学评论文章。1832 年 9 月，司各特去世。他赢得了世人的尊重。

购置和扩建阿布茨福德庄园是司各特人生中最大的一笔不动产投资。他不惜血本在上面投入重金，各项花费保守估计超过 6 万英镑（Crockett，1905：44）。庄园全部完工后才过了 1 年时间，司各特就在席卷全国的经济危机中欠下巨额债务，无奈之下只能抵押、卖走庄园的家具、图书、古董等部分动产（1830 年被债权人作为礼物送还给他），连庄园房屋等不动产都差点卖出抵债（Scott，1890：

51-52)。① 对司各特来说,赚钱的主要途径是写小说。司各特将文学创作所得财富投入到扩建、装修阿布茨福德庄园和入股巴兰坦印刷厂之中,这两项耗资巨大的工程却不断地耗尽司各特的经济收入,迫使他不得不进行更多的文学写作生产活动,赚钱来填补亏空。从这个意义上来说,司各特的历史小说写作并不是出于纯文学的审美创作实践以及纯粹内在的文学创作欲望,而是渗透了商业活动和消费文化的浓烈气息。

长期以来,司各特的历史小说跟市场经济之间的密切关系一直都是学界关注的一大热点,不少人将经济视为精神的对立面,认为文学不应跟经济和商业有过多瓜葛。比如说托马斯·卡莱尔(Thomas Carlyle)早在 1838 年写的《沃尔特·司各特爵士》("Sir Walter Scott")一文中就认为"他(司各特)身上毫无精神性的东西,所有的一切都是经济的和物质的,全是人间烟火"(Carlyle,1899:35)。卡莱尔对司各特的评价非常尖锐,在他看来,司各特的作品沾有太多金钱味,数量多而品质平平。卡莱尔的价值判断当然可备一说,是否客观,本书暂且不论,仅试图以此作为一个反证:既然司各特作品如此不堪,为什么它们会横扫英伦三岛,称霸 19 世纪前期的英国文坛长达二三十年,而且对欧洲 19 世纪小说传统造成深远影响? 从这个角度来看,笔者认为司各特的成功之处恰恰在于他对文学市场的敏锐嗅觉,他突破了大多数作家的纯粹文人身份,充分利

---

① 在破产危机前不久,司各特的长子结婚,司各特(瞒着债权人)将房子产权以限定继承的方式赠与长子。这是一个不受法律保护的赠与事项。实情披露以后,公众和债权人颇为愤怒。司各特本该卖掉整个庄园抵债,但他是苏格兰名人,享有很高的声誉,每年有数量可观的 8000 英镑左右的进项可以还债,有进一步写作还债的具体举措和时间表,加上他积极跟债主沟通,因此无人真正逼迫他卖掉庄园还债。司各特拒绝第三方援助,千方百计自己筹款还债,去世前偿还过半。他留下了巨额人寿保险和版权费,在各方力量支持下,他的所有欠款在 1847 年全部结清。

用市场经济的各种规则,让自己文学作品的传播效益(其实也就是经济收益)达到最大化。

第四节　劳动分工与市场风险

古典政治经济学是 18 世纪苏格兰启蒙运动的伟大贡献,大卫·休谟(David Hume)、亚当·斯密、亚当·弗格森(Adam Ferguson)等人发扬光大的关于货币、流通理论、资本积累、劳动分工以及自由经济理论对英国资本主义制度和市场经济的发展起了重要推动作用。青年时代的司各特曾在爱丁堡大学就读,学习民法,授业老师包括亚当·斯密的弟子杜格尔德·斯图尔特(Dugald Stewart)和大卫·休谟的侄子休谟男爵(Baron Hume),司各特对斯密和休谟的经济理论与哲学都有过系统学习,对弗格森思想的继承更是为学界所熟知(Becker,1994:87)。

司各特对自己作为文学劳动生产者的身份以及文学市场的需求情况都有着清醒认识。他在论述自己跟出版商之间的往来时毫不忌讳将自己的作品称为“商品”(merchandise),将作品的售价称为“价值”(Scott,1894a:50)。现存司各特的书信和笔记中还留有大量关于此类话题的讨论。虽然司各特是名副其实的浪漫主义小说家,但是他早已摒弃了长期以来很多人对作家身份和文学作品神秘光环所持有的浪漫幻想,冷峻地将文学作品视为可供交换的商品,而且致力于通过各种途径实现商品交易的利润最大化。司各特的写作速度非常快,据他所述,他只用 3 个星期就写完了 2 卷《威弗莱》,只用 2 个星期就写完了 1 卷《皇家猎宫》(Woodstock,1826)。他在日记中对自己写作赚钱的能力做过详细计算,本来他可以写得更快,出更多的书,赚更多的钱,但是他懂得如何控制小说的出版节奏,以适应市场需求。他打了一个极妙的比喻:"面包不能烤得太多太快,要不然别人的胃口不会起来。"(Scott,1890:104)

司各特曾仔细讨论过文学创作的社会分工问题。他在1822年出版的《尼格尔的家产》一书正文前附了一份"书信导言"(introductory epistle),以"《威弗莱》作者"身份围绕当时的文学生产和市场流通展开对话。司各特在这里对文学生产劳动者的分类完全不同于亚当·斯密:"我不赞同亚当·斯密一派的观点,我认为一位成功的作家就是一个生产性的劳动者(productive laborer),他的作品有效地构成公共财富的一部分,跟其他制造业创造的成果一样。"(Scott,1893:xlix)亚当·斯密在《国富论》第2卷论述资本积累跟生产性劳动的章节中将作家的工作跟牧师、律师、医生、演员、歌手和舞蹈家等人一起归为非生产性劳动(Smith,2007:271)。司各特对斯密的劳动分工理论问题的思考仍在继续,在1825年出版的《待嫁的新娘》(The Betrothed)一书的导言中又对此进行了讨论(Scott,1902:xxvii-xliii)。这篇导言以虚构故事的形式和讽刺的语气写成,以会议备忘录的形式呈现。司各特虚构了一群投资者在1825年6月1日集会讨论入股成立公司以写作和发表"威弗莱"系列小说,其中涉及亚当·斯密、劳动分工理论和股份制等话题。理查德·J.希尔(Richard J. Hill)指出,司各特在这篇导论的表述过程中采用了经济学词汇来论述文学写作和阅读:"他都是用'劳动''利润''商品'和'共同成果'来称呼他的小说的,同样,他使用'消费者'来称呼读者。"(Hill,2016:39)从司各特的这些措辞可以看出他将文学作品的写作、印刷和销售过程完全视为跟其他社会劳动一样具有生产、分配、流通和消费的过程,而且他知道充分利用市场经济的巨大潜力,利用广告、股份制和有价证券等资本运作形式获得利润最大化。当然,司各特的这篇导言用尖刻的语调和夸张手法写成,显然是为了讽刺当时英国市场经济条件下过度投资和投机的情形。

　　司各特大量参与市场经济体制下的投资活动,而且显然还是一名激进型投资者,从大肆购置和扩建阿布茨福德庄园产业,到常态化地疯狂提前获取稿酬和贴现汇兑票据,再到将当时的全部身家入股投资巴兰坦印刷厂,这些都是明确无疑的证据。《待嫁的新娘》在1825年6月发行,此时横扫英国的经济危机已经使英国股市和金融系统一片风声鹤唳,文学出版业也难以幸免,该书的发行商康斯坦布尔公司亦卷入债务危机,损失惨重。此时司各特正致力于跟康斯坦布尔一起推动"青年百科全书"和"杂集"(Miscellany)系列出版项目,旨在降低书籍售价以招揽更多读者,在经济危机的重压之下,他们只能对项目进行缩减;但是司各特从"杂集"项目获得了一份超额收益——他从这里觅得契机开始写作他的《拿破仑传》(*Life of Napoleon Bonaparte*)(Lang,1899:ix-x)。在司各特的写作生涯中,他一直跟文学市场密切联系在一起,不仅《拿破仑传》来自书商康斯坦布尔给出的命题约稿,在此之后的1827—1829年他完成的《听爷爷讲故事:苏格兰历史》(*Tales of a Grandfather: Being Stories Taken from Scottish History*)等史书性质的作品同样是出版商积极推动开发青少年文学市场的结果。不仅如此,现存大量书信、日记和传记等历史档案显示巴兰坦、康斯坦布尔和穆雷等出版商不仅为司各特提供体裁和题目等稿约信息,在司各特的写作过程中他们还为他提供各种素材和信息,并且作为作品质量的把关人参与司各特文学作品的写作过程,在一定程度上影响甚至形塑了司各特的历史小说和其他文学作品。

　　在历史小说兴起的过程中,幕后隐现的资本力量和经济因素不容忽视。英国的文学出版业充分利用市场经济体制的各种激励机制对作者的写作过程和读者的阅读行为进行引导,营造出繁荣的文学市场,司各特无疑是受益者。在英国文学史上,司各特的文学声誉主要建立在历史小说之上。司各特的一生因文学而兴,亦因文学而衰。市场经济为司各特的历史小说创作提供了推动力,同时也为他晚年的人生窘困埋下了伏笔。从本书所述的角度来看,在司各特参与的文学市场活动中,他的历史小说写作行为并非纯粹源于审美和艺术创造的内在自发冲动,而是经常以一个较为被动的环节而存在(19 世纪 20 年代以后尤其如此)。文学天赋超人的司各特被永不消歇的资本力量推动着,身不由己地进行高强度写作,最终促成了一段现象级的历史:司各特在 1814 年至 1832 年间共出版了 29 部"威弗莱"系列小说。这些小说相互勾连,自成一体,让司各特获得了极高的个人文学声誉,并且缔造了英国文学史上历史小说的时代高峰。

第五章 《吸血鬼》与《弗兰肯斯坦》： 哥特小说在摄政时期的裂变

1765 年贺拉斯·沃坡尔出版了《欧权托城堡》,算是"哥特小说"这种文学类型的正式诞生。"哥特"(Gothic)一词跟历史上北欧日耳曼民族的哥特人并无太大历史渊源,在英国文化中阴差阳错地跟野蛮入侵者和中世纪产生了关联,"18 世纪中期以后,Gothic 一词在英语中是个褒贬并存的形容词,在取其中性时泛指任何跟中世纪有关的事物,沃坡尔将其著作称为'哥特小说',指的就是中世纪发生的故事"(苏耕欣,2010:6)。沃坡尔的《欧权托城堡》引领了英国小说一时的风尚,里夫、拉德克里夫和刘易斯等著名的哥特小说作家相继出现。"哥特小说强调感性,描写痛苦和恐怖,是与新古典主义相对立的黑色浪漫主义。"(陈榕,2012:99)哥特小说在 18 世纪末、19 世纪初成为英国小说领域的强势风潮。罗伯特·迈尔斯(Robert Miles)曾对哥特小说的出版数据进行考证,指出"从 1788 年到 1807 年的 20 年间,哥特小说占据英国小说市场的 30% 左右,在 1795 年更高达 38%"(转引自:苏耕欣,2010:2)。到了摄政时期,哥特小说的高峰已过,但是这个文学风潮仍然具有强大的生命力,在这个时期开始吸收新的文学体裁与风格,有了新的发展和裂变,产生了两部里程碑式的成果,那就是玛丽·雪莱的《弗兰肯斯坦》和波里多利的《吸血鬼》。《弗兰肯斯坦》开创了科幻式哥特小说的传统,而《吸血鬼》则标志着英国吸血鬼小说的肇始。

第一节　写在反常年景的鬼怪故事

1816 年夏,欧洲和北美的气候异象频现,气温明显低于往年,炎炎烈日难得一见,雨水不绝,洪水泛滥,局部现霜冻,农作物歉收,多地闹饥荒。这一年被称为"无夏之年"。[①] 在这个无夏之年的夏季,28 岁的拜伦带着他的朋友兼私人医生波里多利居住在瑞士日内瓦小镇科诺尼的迪氏湖畔别墅,他在得心应手地写他的《恰尔德·哈洛尔德游记》(*Childe Harold's Pilgrimage*)第 3 卷。拜伦出身于没落贵族家庭,继承了家族世袭的爵位,进入上议院,是摄政时期英国文坛的巨星和风云人物。他光大了德莱顿和蒲柏等人的叙事诗和讽刺诗传统,发表了大量激进的诗作讽刺英国政坛和文坛,树敌甚多。拜伦在这之前的一段时间里一直烦恼缠身,英国到处都在传他跟同父异母姐姐奥古斯塔的乱伦丑闻以及无数闹得沸沸扬扬的桃色绯闻。1816 年 3 月,他跟妻子安娜贝拉离婚。拜伦风流倜傥,立场激进,私生活放纵混乱,欠下巨额外债。拜伦在英国待不下去了。4 月下旬,他跟波里多利等人动身离开英国,途经比利时,于 5 月底到达瑞士。不久,他们就遇到了也在附近度假的 P. B. 雪莱(P. B. Shelley)和玛丽·沃尔斯通克拉夫特·戈德温(Mary Wollstonecraft Godwin)。[②] 这是雪莱和拜伦的第一次见面。雪莱经常带着玛丽登门去拜伦家畅谈。6 月 14 日—18 日,连绵不断的降雨让拜伦等人无处消遣,只能待在别墅内闲谈以打发时光,拜伦

---

① 当代有学者认为主要是 1815 年的印度尼西亚坦博拉火山大爆发产生的火山灰造成全球气候异常。参见:克林格曼,克林格曼. 无夏之年:1816,一部冰封的历史. 李矫,杨占,译. 北京:化学工业出版社,2017.

② 半年后她跟雪莱结婚,便被称为玛丽·雪莱。

遂提议举办个恐怖故事即兴创作会(Page,1988a:46)。拜伦写了个吸血鬼题材的《断章》("Fragment of a Novel"),未充分展开便草草结束。波里多利受到《断章》的启发,以它为蓝本写出了一个中篇故事,1819 年以《吸血鬼》之名在《新月刊》(*New Monthly Magazine*)发表。雪莱也写成短篇故事数则。玛丽以 6 月 6 日凌晨做的一个噩梦为灵感写成书稿一部(Bloom,2007:18),1818 年以《弗兰肯斯坦》之名出版。至此,英国文学史上极具戏剧性的一幕出现了——1816 年无夏之年的夏天,浪漫主义文人的这次浪漫聚会诞生了《吸血鬼》和《弗兰肯斯坦》这两部哥特小说,都是史上极为著名的恐怖故事。

玛丽·雪莱的《弗兰肯斯坦》在哥特小说和科幻小说的发展史上都有里程碑式的地位,"弗兰肯斯坦"这个名字已经成为西方文化中一个独特的原型。① 该故事是"兼有哥特小说、神话元素、寓言和哲思的独特混合体"(Oates,1984:543),它已经超越文学的疆界渗透到西方文化构成当中,成为一个文化神话原型和道德寓言。《弗兰肯斯坦》在哲学、伦理学、文学和艺术等领域都激起了广泛的讨论,并由此衍生出大量的评论、小说、影视、绘画、雕塑等文化产品。据批评家约翰·麦凡姆(John Mepham)考证,到 1996 年为止仅以它为题材的电影就有 100 部以上,1993 年"企鹅"版的《弗兰肯斯坦》一书附录中就列出了其中的 40 多部(Mepham,1996:ix)。为了考察哥特小说在摄政时期的裂变问题,笔者将从《吸血鬼》的前身——拜伦和他的《断章》说起。

---

① "弗兰肯斯坦"在小说中原是指怪物的创造者维克多·弗兰肯斯坦,可是后来随着小说和相关衍生文化产品的传播,"弗兰肯斯坦"被人们更多地用来指称怪物,成为一个专有名词,指代杀害自己创造者的怪物。

第二节 《吸血鬼》的前世今生:

《断章》与哥特文学基因的变异

拜伦和他的私人医生波里多利于 1816 年 5 月抵达日内瓦,居住在日内瓦湖畔的迪氏湖畔别墅。波里多利这时不仅是拜伦日内瓦之行的私人医生,同时他还以 500 英镑的价格受雇于著名的出版商穆雷,用日记形式记录拜伦每天的言行。拜伦在 1816 年 6 月创作了吸血鬼题材小说《断章》,但半途而废。拜伦的《断章》篇幅虽短,但其独特之处在于它"是这位诗人流传于世的主要散文虚构作品"(Seed,1988:126)。波里多利和拜伦之间的交往并未长久,由于性格不合等诸多原因,波里多利当年 9 月就被拜伦辞退,二人分道扬镳。即便如此,波里多利此行也收获甚丰,他得到《断章》启发,以此为蓝本写出中篇故事《吸血鬼》,后来于 1819 年 4 月在《新月刊》发表,开创了吸血鬼小说的先河。《吸血鬼》在出版后极受欢迎,一年之内重印 7 次,第二年就被改编成戏剧在伦敦和巴黎上演(Macdonald,2008:11)。小说发表以后,坊间立刻就有作者抄袭拜伦创意的流言。5 月 1 日,波里多利在《新月刊》发表了一则简短的紧急声明:"真相是,拜伦爵士确实提供了基础,但后续发展完全是本人所为。"(Polidori,1819:332)当年 6 月,出版商穆雷出版了拜伦的诗歌《马捷帕》(*Mazeppa*),在其后附上了《断章》,《断章》所署写作日期为 1816 年 6 月 17 日,由此掀起了一场关于《吸血鬼》作者和版权的纠纷。不少人以为拜伦写作在前,应该享有版权。波里多利为此专门致信《纪事晨报》编辑,要求刊登声明,澄清事情原委,捍卫自己的版权。波里多利强调此作品主体部分完成在欧洲大陆,在女性友人见证下三天就完成创作,跟拜伦并无多大瓜葛(Polidori,

2014：17-18）。

检视波里多利的《吸血鬼》跟拜伦的《断章》以及之前的《异教徒》(*The Giaour*)等作品，再加上《吸血鬼》写作前后波里多利跟拜伦之间密切往来的事实，我们可以发现《吸血鬼》跟拜伦之间存在的千丝万缕的联系。关于这个显在的问题，学界已多有论述，无须赘言。仅从作品文本自身而言，《吸血鬼》跟《断章》之间似乎并没有明显的关联，不仅如此，《断章》甚至都未表现出多少吸血鬼小说的典型特征。《断章》篇幅很短，只有10页，以第一人称叙述模式展开，叙述者是一个17岁的年轻人，讲述了自己跟友人奥古斯都·达威尔旅行途中的诡异故事。达威尔"比我年长几岁，来自一个古老而富裕的家族"(Byron，1819：59)。他们在南欧多国游历，然后往东方而行，在土耳其的士麦那附近出现了状况，达威尔的身体日渐虚弱。他们动身去参观吕底亚王国首都萨第斯和以弗所古城遗址，路过一个土耳其公墓时发生了难以解释的事情，达威尔奄奄一息，说自己到过这里，而且要叙述者给他做一套古怪的埋葬仪式。正当叙述者掩埋达威尔时，故事戛然而止，给人感觉刚开头就煞尾，意犹未尽。拜伦在《断章》中既没有使用"吸血鬼"或者"血"等字眼，也没有表现出鲜明的吸血鬼文学特征。因为《断章》篇幅较短，而且并没有完全展开，学界在阐释这部作品时基本都无法找到吸血鬼因素的确证，只能在一些地名、希腊神话以及鹳和蛇的意象等方面依稀辨认出跟不死之身相关的一些吸血鬼文学因素（参见：Hallab，2009：75-76）。

拜伦在19世纪前期的英国文坛是一个现象级的人物，拥有数量惊人的仰慕者。玛丽·哈拉布(Mary Hallab)指出，"如果没有拜伦，如果公众不把鲁斯文爵士当作拜伦，波里多利的《吸血鬼》不可能如此受欢迎"，同时，"如果没有波里多利，拜伦的《断章》或许永远也不会出现在世人面前，这部作品在无意之中接续了吸血鬼的文化血脉，也让他自己成为摩尼教世界里的死人之主（lord of the dead）"。（Hallab，2009：76-77）杰罗姆·J.麦克干（Jerome J. McGann）说道："拜伦式英雄憧憬着平静，但却找不到。死亡本身也是一种'未实现'，因为我们对生命的一切认识和了解都在于因其'不完全'而感到的躁动不安。对他们而言，超越死亡的永生是其焦虑和痛苦的源头，而对我们而言，却是我们所向往之物。"（转引自：王晓姝，2012:33）肯·盖尔德（Ken Gelder）认为，《断章》"之所以难懂，不仅因为没有写完，还因为里面很多元素（如鹳和蛇的意象）都带有神秘的符码特征，作为'未被解释的仪式'而存在"（Gelder，1994：30）。

英国文学中最早涉及吸血鬼题材的作品是骚塞的长诗《毁灭者塔拉巴》（*Thalaba the Destroyer*，1801）（Barger，2012：11）。受到拜伦的《断章》启发以后，波里多利对西方吸血鬼民间故事和文学题材进行了大刀阔斧的改变，他的小说《吸血鬼》至少在四个方面对传统进行了革新：第一，吸血鬼成了真人，而不是以前民间传说里的那种无脑的行尸走肉；第二，吸血鬼主角具有贵族身份；第三，吸血鬼会到处走动，而不是像过去那样守在穴中；第四，吸血鬼具有了勾引人类的能力（Macdonald，2008：11-14）。波里多利写作《吸血鬼》时跟拜伦的关系已经破裂，他将自己对拜伦的满腔愤懑倾注到小说中，小说人物鲁斯文爵士身上处处可见拜伦的影子。鲁斯文爵士这个名字源于拜伦情妇兰姆夫人（Lady Caroline Lamb）当时颇有名气的小说《格林纳尔冯》（*Glenarvon*，1816）的同名主角，波里多利甚至还将兰姆夫人作为小说中风流女子墨瑟夫人的原型（Barger，2012：13）。拜伦就像一个巨大的影子，投映在波里多利的《吸血鬼》文本之上。

吸血鬼小说从根源上来说涉及宗教却又反宗教。西方学界已有大量研究关注吸血鬼的传说跟基督教圣餐仪式（Holy

Communion)之间的关系。《圣经·新约》中有《马太福音》《马可福音》《路加福音》和《哥林多前书》等多处提到饼和耶稣的身体，这几处对此的表述和措辞相差无几，都是用饼象征耶稣的身体，用葡萄酒象征耶稣的血。圣餐是基督教的重要仪式。J. B. 特威切尔(J. B. Twitchell)指出，"中世纪的教会发现吸血鬼传说不仅是一个与邪恶有关的常见神话主题，也是一个与邪恶有关的圣餐变体(transubstantiation of evil)的复杂喻说"(转引自：Cavallaro，2002：179)。"吸血鬼的故事源于对血液的一种根深蒂固的迷恋，血既是生命之流的象征，失去之后又是坠入黑暗深渊的象征，纯粹之时象征力量，混杂之后象征不洁。世界各地的人们多半是为了去除这种含混特性而在仪式场合献祭血液。"(Cavallaro，2002：179)波里多利的《吸血鬼》将读者的注意力吸引到哥特小说的独特氛围之上，性欲、神秘、恐怖、长生这四种极具张力的因素在吸血鬼身上完美地结合在一起，反映出当时社会读者群体对这一话题的特殊情愫。

　　1821 年 8 月 24 日，赌债缠身的波里多利在伦敦服毒自杀，时年 26 岁。波里多利的《吸血鬼》开创了西方吸血鬼文学的传统，是英语文学中首个正式发表的吸血鬼故事。在他之后约瑟夫·谢里丹·勒法努(Joseph Sheridan Le Fanu)的《卡米拉》(*Carmilla*，1872)、布莱姆·斯托克(Bram Stoker)的《德古拉》(*Dracula*，1897)、安妮·莱斯(Anne Rice)的"吸血鬼纪事"系列小说("The Vampire Chronicles"，1976—2018)、斯蒂芬妮·梅尔(Stephenie Meyer)的"暮光之城"系列小说("The Twilight Saga"，2005—)、L. J. 史密斯(L. J. Smith)的"吸血鬼日记"系列小说("The Vampire Diaries"，1991—2014)等作品不断涌现，吸引了一代又一代的读者，共同创造了一个恐怖奇幻而又扣人心弦的吸血鬼文学世界。

第三节 《弗兰肯斯坦》的道德寓言之谜

玛丽·雪莱在《弗兰肯斯坦》中创造的怪物形象已经深入人心，它作为迫害与追杀自己创造者的"弑父者"的恐怖形象活跃在读者的记忆中；然而，如果仔细阅读原著的文本，我们就会发现玛丽·雪莱在这部小说中表达的主题是含混的，她对怪物和维克多·弗兰肯斯坦的情绪和道德评价也是复杂而模糊的。本节试图从叙事学理论中隐含作者与叙述者之间距离变化的问题着手，从新的角度考察玛丽·雪莱在寓言式虚构叙事背后的道德关怀，试图说明这些变化之处正是引起读者解读弗兰肯斯坦和怪物形象时产生复杂和模糊情感的重要动因之一。

（一）框架叙事结构与意义的不确定性

《弗兰肯斯坦》严整的叙事结构早已被众多批评家所发现[①]，他们也指出了这一结构在表达小说主题意义上的重要性，例如乔治·勒文（George Levine）在他的《〈弗兰肯斯坦〉与现实主义传统》（"*Frankenstein* and the Tradition of Realism"）一文中就提到了想象力是结构性的力量，还引用了诺斯洛普·弗莱（Northrop Frye）的评价来支持自己的这一观点：作品的结构形式越正式严整，想象力越能驰骋纵横（Levine，1996：213）。《弗兰肯斯坦》在叙事结构上

---

① 国内外从叙事学角度专门论述《弗兰肯斯坦》的论文主要有：(a) Newman，Beth，1986. "Narratives of Seductions and Seduction of Narrative：The Frame Structure of *Frankenstein*". *ELH*，53(1)：141-163. (b)郭方云，2004. 分裂的文本虚构的权威——从《弗兰肯斯坦》看西方女性早期书写的双重叙事策略. 外国文学研究(4)：5-11. (c)李伟昉，2005.《弗兰肯斯坦》叙事艺术论. 外国文学研究(3)：70-74.

是很有特色的，它故事嵌套故事的叙事结构对全书意义的构成起着至关重要的作用。①《弗兰肯斯坦》全书由探险家沃尔顿写给姐姐萨维尔夫人的四封书信组成，书中的主要部分是沃尔顿记录的弗兰肯斯坦和怪物用第一人称叙述视角讲述的故事。它的叙事框架是嵌入式的，即以沃尔顿的书信体叙事为最外层的第一叙事层面（全书都是沃尔顿船长在北极探险途中写给姐姐萨维尔夫人的信），弗兰肯斯坦的叙事层面居中（沃尔顿在信中提到自己在冰天雪地中营救了一个名叫弗兰肯斯坦的人，此人向他讲述了一个离奇的故事），怪物的叙事层在最里面（弗兰肯斯坦自己的故事中包含了怪物用独白的形式对他讲述的亲身经历），②整个叙事进程由外向内延伸，各级叙事层层嵌入，成为嵌套结构的形式。

　　在逻辑上来讲，这种特殊的框架叙事结构使得叙事的明晰性由外向内在各叙事层次之间逐渐消退，从沃尔顿叙述的直接性和当下性过渡到弗兰肯斯坦叙述的间接性和回溯性，然后才出现怪物影子般的与读者有三重隔离的叙事。这样，外层叙述层面的叙述者就成了它的次层叙述层面的受述者。复杂的框架叙事结构对故事意义的构成起到了模糊界限的作用，使叙述内容的不确定性成倍增加。批评家和叙事学家梅尔·斯腾伯格（Meir Sternberg）曾提到"倾听意味着叠复"，这样的话，《弗兰肯斯坦》框架叙事结构就使得其意义产生的可能性发生几何级的增长（转引自：Haggerty，1989：42）。

　　怪物在这个框架叙事结构中处于最里层的中心地带，它只是叙述者而不是受述者。因此，从结构上来讲，和外层弗兰肯斯坦以及沃尔顿的叙述层面里他们兼有受述和叙述的双重功能相比较而言，

---

　　①　这个对文本意义有巨大建构作用的叙事特点在简写版或电影版中却往往得不到保留，因此该书含义的复杂性和多重性也大为减弱。

　　②　在怪物的叙事中其实还嵌入了另外一个关于他碰到的流亡者德拉西一家的故事。

这部小说的叙述中心层面（即怪物的叙述）是残缺的，这种残缺使得怪物成了一个神秘的影子，在结构上正好符合哥特小说的主旨；同时，怪物仅仅作为叙述者出现，它的话几乎都是经过弗兰肯斯坦转述和改造的（从某种意义上来说），这意味着它话语权的丧失。只有在第24章最后弗兰肯斯坦死去以后，它才出现在沃尔顿面前，由最里层的叙事层跳跃到最外层的叙事层，才有了自己的话语权，与沃尔顿直接展开对话。而此时虽然沃尔顿"最初被它的痛苦所触动，但是，他一想起弗兰肯斯坦曾警告过他要小心它巧言善辩的招数，一看到他死去的朋友（弗兰肯斯坦），他心中立刻就又感到愤慨难平"（168）[1]。在此之前，沃尔顿对怪物的了解都是通过弗兰肯斯坦转述的，在他眼里弗兰肯斯坦是意气相投的朋友，他们都有高远的理想，都想在人类历史上作为探索者而青史留名。他认为弗兰肯斯坦是被怪物迫害致死的，因此，见到怪物时他的评价是先入为主的，容不得它争辩，紧接着就直接称呼它为"混蛋"和"伪善的恶魔"。这样，怪物即使出现在叙述的最外层，它在这个叙述层中所处的地位也很不利了。

（二）沃尔顿的叙述层面：书信体小说与叙述者的不可靠

《弗兰肯斯坦》全书均以探险家沃尔顿写给姐姐萨维尔夫人的书信形式出现。下面，我们先来考察一下书中与读者关系最直接的故事叙述者沃尔顿的叙述层面。在沃尔顿看来，弗兰肯斯坦是个"气宇超凡的人"，他拥有"天生的直觉、敏锐果敢的判断力和明察秋毫的洞察力"，他"谈吐雅致，声音顿挫相宜犹如天籁之音"（24）。沃

---

[1]　本书中《弗兰肯斯坦》的引文均译自以下版本：Shelley, Mary, 1996. *Frankenstein.* Ware：Wordsworth Editions Ltd. 由笔者译为中文，后文出现时仅标注原文出处页码，不再另行做注。

尔顿的叙述其实并非完全可靠，他从第一人称视角做出了对弗兰肯斯坦的以上评价，如果我们结合他做出这个判断时的背景仔细考察全文就可以发现，隐含作者与作为叙述者的沃尔顿之间是有距离的。沃尔顿是在北极冰雪荒原中最孤独和最需要朋友的时候碰到弗兰肯斯坦的。从文中我们可以看到沃尔顿是很渴望交流的，小说开篇他到达圣彼得堡后的第一件事就是写信向姐姐报平安（可是这次北极远航的特殊性却注定了他无法收到姐姐的回信）。随着他的航船向极地行进，他变得越来越孤独，在船员中间找不到和自己投缘的朋友，在他眼里他们要么粗俗，要么怯懦，要么不善言谈。沃尔顿对地位、智力或能力比自己低的人抱有偏见，在他眼里所有的船员都不值得成为他合适的朋友；正在极度渴望友情时他遇到了弗兰肯斯坦，他对这个身世显赫并且受过系统的大学教育的科学家抱有深深的好感和崇拜。受到感知情绪的影响，此时他对弗兰肯斯坦的评价很难说得上是完整、公允和可靠的。

　　沃尔顿没有接受过系统的航海知识教育，他是自学成才的，少年时代喜欢看航海书籍，曾对诗歌感兴趣，也"成为一个诗人，在一年的时间里沉浸在自己创作的天堂，幻想自己也能在供奉荷马和莎士比亚的殿堂里获得一席之地"（16）。后来他文学创作的梦想破灭了才又转向航海。或许是受少年时代喜欢文学与幻想的影响，他给姐姐写信时在字里行间（在第一封信里向姐姐描绘自己北极探险的宏伟蓝图时）表现出了明显的浪漫主义不切实际的倾向和冲动（并且他在所有书信中所用的词语很多也是浪漫主义流派作家最常用的词语），可他却又时时害怕别人说他这一点，他对此的忌讳甚至达到了偏执和强迫症的边缘。他在第二封信里就多处提到这一点："姐姐，你或许会认为我是不切实际的，可是我痛苦地感觉到对友情的需要"以及"我非常需要一个有理智的朋友，他不会鄙视我是不切实际的……"（16）他在写第一封信时显得无比自信和雄心勃勃，不达目的誓不罢休;在写第二封信时就变得软绵绵了,并且夹带了诉苦和抱怨;第三封信与前两封信相比更为简短,没有什么实质性的内容,纯粹是写信报个平安而已,信誓旦旦下面掩饰的是逐渐消失的信念。在铺垫正文的这三封书信里,沃尔顿的情绪发生如此大的波动,他的性格缺陷决定了他不是一个冷静和客观的观察者和叙述者。因此,他的叙述就有了一定的不可靠性。①

另外,隐含作者在谋篇布局、安排沃尔顿的叙述层面时也暗含了一个似是而非的结构反讽。沃尔顿在第一封信中对北极探险充满了必胜的信心,称北极为"永恒光明之地"(13),向姐姐许诺要不顾一切,征服所有对危险和死亡的恐惧完成探险。可是在第四封信中,他到达北极后发现那里只不过是漫天冰雪的蛮荒之地,在那里几乎没有什么发现,只是见证了弗兰肯斯坦悲惨的死亡并且碰见了由人类文明制造出来的怪物。在全书的结尾处他没有能够到达北极点,在船员哗变的威胁下和他们达成协议,许诺他们度过眼前冰封的危险后即刻放弃探险返航回家(164)。沃尔顿这种言行前后以及想象与现实之间的巨大落差可以被正面解读,认为他顺应时务、为了顾全他人生命和大局,避免不必要的偏执而走向死亡;同时,这也可以看作隐含作者对沃尔顿暗含的一个讽刺(虽然在写前面三封信时他并不知道后来会发生什么事情,他并非有意说不切实际的话,但或许这样更能说明他本性就是喜欢乐观的幻想),沃尔顿叙述框架的整个进程表现了他作为诗人那一面的浪漫主义式热情以及作为船长和极地探险家所必备的务实作风之间存在着巨大的鸿沟。

---

① "不可靠叙述"是叙述学的一个概念,布思在《小说修辞学》(*The Rhetoric of Fiction*)中认为如果叙述者的言行与隐含作者的规范保持一致就是可靠的叙述者,倘若不一致,则是不可靠的。"可靠"与"不可靠"在此涉及的是叙述者与隐含作者的规范是否偏离的问题,而与里面所叙述的内容是想象性的还是现实性的无关。《弗兰肯斯坦》虽然是一部科幻小说,但不影响这一概念在文本分析中的可应用性。

综合前文所述,隐含作者对叙述者沃尔顿的态度是有所保留的,他们之间存在着一定的距离。沃尔顿是弗兰肯斯坦和怪物故事的局外人,他的叙述层是整个故事最外层的叙事框架,作为中介作用的叙述者一旦不可靠,也就必然意味着它内部所有叙述层面的故事都失去了坚实的基础,整个故事严整的叙事构成在本质上都发生了松动,里面所有他对弗兰肯斯坦和怪物的叙述和评价的可信度也大大降低。意识到这一点对正确解读全书有着重要的作用。

(三)弗兰肯斯坦的叙述层面:隐含作者与叙述者的伦理距离

接着让我们来考察一下弗兰肯斯坦的叙述。它占据了书中绝大部分的篇幅。和18、19世纪小说中最常见的形式一样,他从讲述自己出生、家庭和童年生活开始。随着他第一人称叙述的展开,读者便走入他的世界,听他诉说自己的故事。读者随着弗兰肯斯坦的叙述前进,从他的视角接触到故事,和他之间的心理距离就被拉近了。从第1章到第10章,弗兰肯斯坦用第一人称叙述回顾了他创造怪物、怪物谋害他的亲人朋友以及他追杀怪物的故事,在此期间他与怪物之间的整个故事框架已经形成。其实,弗兰肯斯坦在叙述这个故事时是有选择性的,他只从自己的角度出发,选择删除或隐瞒了一些对自己不利的信息。他总是将自己塑造成一个抱有远大理想的人,情愿自己付出巨大的代价以造福人类社会,自己学习和钻研生物和化学知识只为"获得天与地的秘密……在最高意义上的世界物质的秘密……寻找点石成金的大器和生命的万灵药"(30-32)。在叙述者弗兰肯斯坦看来,怪物只是一个自己创造的失败的科学实验品,是个像鬼魅一样纠缠自己的丑陋异类。到后来怪物谋杀他的亲人和朋友时,它更被描绘成了一个十恶不赦的魔鬼,是它造成他巨大的痛苦和无法弥补的遗憾。总之,在弗兰肯斯坦笔下,他自己是受害者,而怪物是作为迫害者和杀人狂出现的。这样,受到第一人称叙述视角的局限（或者对弗兰肯斯坦来说是优势），读者只能暂时从弗兰肯斯坦那里得到信息，这样在情感上也就受到了他的操纵，对他的不幸产生同情，而对怪物的罪恶感到厌恶和反感。

在弗兰肯斯坦眼里，怪物只是一个物，他看到它模样恐怖吓人立刻就抛弃了它。他从不会带着任何同情去对待它，也从不顾及它的感受，甚至草率地对怪物做出承诺要为它造一个伴侣，然后却又没有信守诺言，最后惹怒了它，引来它更疯狂的报复。弗兰肯斯坦一直认为它之所以会憎恨自己和人类是因为它只是一个失败的实验品，他从没有真正悔悟和思考过自己在道德和伦理方面的过错，直到临死之时他留下的最后一句话还是"我自己（在科学与发现方面）的期望破灭了，可是或许会有另一个人取得成功"(166)。结合小说后半部分的叙事进程我们可以发现隐含作者对待这些问题的态度是大不一样的；隐含作者在道德和伦理上与作为叙述者的弗兰肯斯坦之间有很大的距离。

当然，弗兰肯斯坦的叙述是第一人称回顾性质的，他既是故事中经历事件的人物，又是故事的叙述者，而故事中的人物和叙述者不仅可以是重合的也可以是分离的。詹姆斯·费伦(James Phelan)指出人物功能和叙述者功能可以分离和独立运作，第一人称的观察者作为人物的局限性未必会作用于其叙述话语（申丹，2006：135）。但是，在小说中，弗兰肯斯坦的叙述似乎给人精神不正常的印象：他常年在实验室通宵达旦地闭门潜心研究，疏远了家人和朋友，孤独自闭，害怕与人交流，常常头痛，精神极度沮丧，出现幻觉；在第5章中还提到了他"精神出现狂躁""病得很厉害""几个月无法出门"(49)；第21章也提到他在监狱中发病了，"有两个月时间几近死亡""神志不清""胡言乱语"(135)，最后是他父亲远道而来把他从监狱里接走的。根据以上这些文本证据，我们有理由怀疑弗兰肯斯坦叙述的可靠性（虽然叙述故事的时候弗兰肯斯坦的神智已经恢复正常）。假如他的判断力、感知力和价值观出现与常态的偏离，很明显就会和隐含作者的标准产生一定的距离。

（四）怪物的叙述层面：叙述距离变化与情感认同的转移

怪物的叙述出现在第11章至第16章，与前面弗兰肯斯坦的叙述（1—10章）相比，这几章用怪物的第一人称叙述视角从另一个角度补充和重新阐释了这个故事。在这里，只要读者顺着怪物的眼光逐步走进它的世界，了解到它对事件的看法，就会恍然发现前面弗兰肯斯坦的叙述中有很多不确切和故意隐瞒信息的地方。在这样的叙事进程中，读者就会产生道德上的思考，重新解读弗兰肯斯坦的叙事并且修正对他和怪物各自的看法；这样一来，读者的情感认同在这两个叙述层面之间就会有一个剧烈的转变。

怪物向弗兰肯斯坦讲述了它被创造出来以后的亲身经历，这些与前文中弗兰肯斯坦叙述的信息产生互补效应。怪物在讲述自己的故事时总是摆脱叙述自我，借用过去的经验自我的眼光。比如他发现自己有了生命意识后离开实验室来到树林，这时它见到了月亮，但是此时它还没有学习语言，也不知道如何命名物体，所以它将月亮升起的过程描述为"一个闪闪发光的物体从树林里升起"，看到雪也只知道那是白色的"又冷又湿的东西盖住了大地"（80-82）。它讲述自己躲在暗中观察德拉西一家的那段故事时采用的也是过去时刻经验自我的眼光，它用这个办法恰当地向它的受述者讲述了它是如何一步一步加深对世界以及德拉西一家的认识的。国外批评家已经注意到《弗兰肯斯坦》中的怪物身上除了有《失乐园》中撒旦般邪恶的行为，同时还兼有亚当的影子和卢梭"高尚的野蛮人"的印记。批评家戴维·马绍尔（David Marshall）在他的专著里讨论《弗兰肯斯坦》的章节中就指出："评论家在怪物身上看到了一个启蒙运动意义上的高尚的野蛮人，它早期在森林中的生活（饮用溪水、采食

野果、栖身树底、首次看见和使用火以及学习语言等)与卢梭笔下野
人的生活极其相似。"(Marshall,1988:183)在怪物的叙述中,它讲
述了自己被创造者遗弃后的孤独,讲述它如何渴望和人类交流。它
每次都是怀着善良与诚挚的心去接近人们,可他们总是不给它开口
的机会,看到它的模样就被吓坏,不是夺路而逃就是用石块扔它。
虽然人们不理解它,但是它在叙述中仍然称他们为"我的人类邻居"
(85),仍然会在夜晚偷偷地给它想接近的人家打柴,想尽力帮助他
们。在一次次试图与人交流失败后,它感到越来越失望,觉得自己
很委屈,有一天它终于到了忍耐的极限:它好心救了落水的姑娘,却
因为自己面目狰狞而被别人开枪击中。它哀叹道:"这就是我做好
事的下场! ……我彻底发怒了,发誓永远都要仇恨和报复所有的
人。"(108)

如果读者被怪物前面所叙述的故事所吸引,为它所受的不公正
待遇抱不平而产生同情的话,下面发生的这件事立刻就会对这种情
绪起到惊扰作用。怪物养好伤后继续游荡,到达了日内瓦。那天傍
晚它正在树林中酣睡,被一个迷路的小孩(他正是弗兰肯斯坦的弟
弟威廉)从睡梦中吵醒,这时它居然有了一个不可思议的想法,它认
为天真不谙世事的小孩或许不会对它丑恶的相貌反感,于是它想
"抓住他,教育培养他成为自己的朋友,给自己做个伴,这样它就不
会在这个人烟稠密的世界上形单影只了"(109)。结果威廉被它吓
得惊声尖叫,拼命挣扎。在反抗中他无意透露了自己就是弗兰肯斯
坦的弟弟,怪物这时对它的创造者已经充满了仇恨,这正中他的下
怀,于是它"掐住了他的脖子不让他叫喊,不一会儿他就躺在它的脚
下,死了"(109)。怪物在谋杀一个纯真的小孩时所用的语气平静得
可怕。在复仇心理的扭曲作用下,再加上它自身伦理知识的局限
性,它对自己的行为做出了错误的判断和解读。在这里,叙述者的
叙述是不可靠的,它在伦理价值上做出了极其错误的判断,因而它

与隐含作者之间的距离是很大的。这样，怪物的叙述在可靠与不可靠之间就形成了一种张力，增大了故事的复杂性和不确定性，使读者对它所叙述的故事重新进行衡量与思考。

　　从以上的分析我们可以看到这个复杂而有规则的叙述框架在表达全文主题方面的建构作用。各叙述层面之间叙述者和受述者身份的转变既有利于作者微妙控制与叙述者的距离，又有利于从故事与故事之间的错综联系和不同人物视角来补充和丰富故事中人物的性格。所以许多读者和批评家都发现弗兰肯斯坦与他创造的怪物之间有较多的相似之处，他们都是被命运诅咒的，遭受着巨大的精神折磨。拜伦对于这种带有些许被虐狂性质的情形一语中的："杰出的人应该是'杰出地'痛苦。"（转引自：Boyd，1984：49）而这一点却恰恰是浪漫主义英雄的典型特点之一。读者在阅读过程中会对英雄所受的痛苦产生同情，在小说中这种同情会随着小说叙事进程的发展而发生转换。这样，弗兰肯斯坦和怪物的形象效应就会发生交叉，趋于重叠，所以"一些批评家更将怪物视作弗兰肯斯坦的另一半或某些特点的外在表现"（苏耕欣，2005：57）。在评论界，怪物往往被视为弗兰肯斯坦的异己形象出现，不过笔者认为怪物不仅仅是作为弗兰肯斯坦的潜意识出现，他们之间的关系是开放性的，是非常复杂和模糊的。笔者认为正是在叙述各层面关系的相互作用下，《弗兰肯斯坦》的意义才变得如此含混和开放，只有看到了这一点我们才能透过"科幻"和"哥特"标签式解读的表面框架，进而发现玛丽·雪莱在寓言式虚构叙事背后深沉的道德关怀。

第六章 《匹克威克外传》作为
修辞叙事的连载形式与阅读伦理

1830 年 6 月 26 日,乔治四世驾崩,摄政时期结束。乔治四世没有留下合法子嗣,其弟威廉接任王位,史称威廉四世。跟乔治四世的秉性完全不同,威廉四世年轻时在海军服役,朴素而直率,平实和气,被称为"水手国王"。威廉四世是一个过渡性的君主,继位时已年过六旬,在他的统治时期英国拉开了改革序幕,1832 年通过的扩大中产阶级选举权的《改革法案》是最显著的标志。1837 年 6 月 20 日威廉四世驾崩,18 岁的维多利亚女王登基。维多利亚女王跟乔治四世一样仍然是汉诺威王朝的君主,但是她在首相墨尔本子爵威廉·兰姆(William Lamb)的辅佐下展示出忠于职守和励精图治的气象,加之在气质形象上高贵优雅,日益受到国人的喜爱与敬重。在维多利亚女王的统治下,乔治四世时代风尚的痕迹从英国人的生活中慢慢消散,英国社会开始移风易俗,在国家走向"日不落帝国"历史巅峰的道路上变得更加务实和进取。摄政王时代完全终结了,成为一段渐行渐远的历史,英国开启了一个全新的时代。在政权新旧交替之际,英国小说也开始了不同于以往的新陈代谢。

　　司各特历史小说的光芒在摄政时期的英国文坛实在太过耀眼,

1832 年他去世之后，历史小说顿失中流砥柱，难以为继。[①] 此时济慈、雪莱、拜伦和柯勒律治等浪漫主义明星早已相继去世，华兹华斯还活着，却已基本退隐，英国文学界出现了一个断档期。英国广大文学读者对中世纪和历史题材小说已经有了审美疲劳，盼望新型小说出现。19 世纪 30 年代英国文坛最著名的新锐作家是布尔沃-利顿和本杰明·迪斯累利(Benjamin Disraeli)。此时英国小说界流行"银叉小说"(silver fork novel)和"新门派小说"(Newgate novel)。前者顺应了摄政时期的浮华世风，描写英国贵族社会的时髦生活，后者则结合了哥特悬疑风格和历史传奇因素，描写一些耸人听闻的犯罪故事。"银叉小说"和"新门派小说"在格局上较为局促，在一定程度上能满足中产阶级对上流社会的幻想或者对犯罪与暴力的猎奇，但是这两种小说风格都不太接地气，工业化和城市化的时代呼唤新的文学风尚。《博兹特写集》(*Sketches by Boz*, 1836)和《匹克威克外传》等一批描写伦敦本地人生活的幽默文学题材的作品应运而生，抓住了当时的英国读者尤其是伦敦读者的这种阅读期待。

　　小说并未能取代诗歌的地位成为摄政时期英国最主流的文学形式，它的高光时刻直到维多利亚时期才真正到来。就小说在维多

---

　　① 司各特小说销售顶峰时期出现在 1820 年前，《艾凡赫》首版时数周之内售出 1.2 万册。从 19 世纪 20 年代开始，他的小说在流行文学市场的影响力开始下降，最后两部小说《危险城堡》(*Castle Dangerous*, 1831)和《巴黎的罗伯特伯爵》(*Count Robert of Paris*, 1832)首发时均只卖了 3200 册(相对其他作者而言仍然是难以企及的数字)。但是随着出版商在 19 世纪二三十年代发行大量廉价版本，司各特的小说在维多利亚时期销量仍然非常大，在 30 年代到 60 年代这段时间里卖出了 200 万到 250 万册的惊人数字。参见：(a) Hillhouse, James Theodore, 1956. *The Waverley Novels and Their Critics*. Oxford: Oxford University Press: 248. (b) St. Clair, William, 2008. "Publishing, Authorship and Reading". In Maxwell, R. & Trumpener, K. (eds.). *The Cambridge Companion to Fiction in the Romantic Period*. Cambridge: Cambridge University Press: 44.

利亚时期的流行度和作者知名度而言,首屈一指的无疑是狄更斯。狄更斯出生和成长于摄政时期,他当过新闻记者,以短篇故事和小品文集《博兹特写集》出道,而让他在英国文坛扬名立万的作品是他在 24 岁时写作的首部长篇小说《匹克威克外传》。《匹克威克外传》共 57 章,从 1836 年 3 月至 1837 年 11 月以 19 期的形式连载,1837 年 11 月结集出版,刚好处于摄政时期向维多利亚时期转换的过渡阶段。小说第 1 期只卖出四五百份,到了第 8 期成为英国热门话题,等到结尾时销量是 4 万份,在当时这是一个极为可观的数字。①《匹克威克外传》见证了狄更斯成为维多利亚时期国民小说家的过程。

第一节　目标读者群的选择:
文学快速消费品市场与中下层读者

在摄政时期,连载发表小说的形式并不新鲜。自 18 世纪以来,英国报刊业在市场经济的充分竞争中得以繁荣,不少出版商瞄准了针对社会中下层民众这个消费群体的廉价文学市场,采取每周一期或每月一期的形式连载,让低收入阶层拿到周薪或月薪之后可以及时购买。早在 18 世纪就有一些报纸杂志以这种形式再版已经过了版权期限的旧小说,并以此为业。英国文学市场上充斥着不少廉价文学期刊,正版和盗版泥沙俱下。② 英国文学史上第一部真正为连载形式发表而原创的小说是托比亚斯·斯摩莱特(Tobias Smollett)

---

① 4 万份连载杂志的销量意味着数十万的读者群。

② 英国版权制度在 19 世纪前期趋于完善,在 1814 年修改了《版权法》,将版权期延长至作者逝世或作品发表后 28 年为止(以两者中更长者为准)。

的《兰斯洛特·格里弗斯爵士传》(*The Life and Adventures of Sir Lancelot Greaves*)。它发表于 1760—1761 年(Jones，1998：991)，当时并未引发过多关注，它在斯摩莱特的文学生涯中也并非重要作品。

到了 19 世纪初，随着出版业的进一步繁荣和市场经济体制的新发展，英国出版商开始拓展文学生产和消费的新渠道。到了 19 世纪 30 年代，连载出版原创小说成为英国文学市场的一个新风向(Mays，2002：17)。摄政时期所在的 19 世纪前期"是期刊评论的伟大时代，它对公众舆论的影响力极大，在后来任何历史时期均再无可出其右者"，当时著名的文学评论期刊《每季评论》和《爱丁堡评论》在摄政时期均拥有超过 50 万的读者(Amarasinghe，1962：63)。据《爱丁堡评论》主编弗朗西斯·杰弗里(Francis Jeffrey)估计，1812 年左右英国上层社会的高层次文学读者数量为 3 万人，中产阶级读者为 20 万人(Amarasinghe，1962：6)。除了这些所谓精英的高层次文学读者和中产阶级读者之外，更广阔的潜在消费者是那些社会中下层读者群体。英国 1831 年举行的第四次人口普查统计结果表明，英格兰、威尔士和苏格兰共有人口 1625 万。[①] 随着国家基础教育的加强和出版业的繁荣，英国的扫盲运动在 19 世纪取得了巨大进展，在 1800 年有 40% 的男性和 60% 的女性不能读书识字，到了 1900 年文盲率降到了 4%(Alexander，2010：12)。中下层人士读书识字能力的提升为英国文学市场在 19 世纪的兴盛提供了强劲的快速消费潜能。越来越多的人投身文学，成为职业作家，文学的繁荣倒过来又推动了文学市场的良性发展，吸引了更多人用快速消费的方式阅读文学作品。学界一般公认到了维多利亚时期，英国社会各阶层已经大致按照经济状况养成了不同的文学消费习惯：贵

---

① 参见：The House of Commons，1838. Reports from Commissioners，Session 15 November 1837—16 August 1838，Vol. 35. London：The House of Commons：98.

族阶层和中上层人士可以接受作者亲自赠送的书或者直接购买书以充实自己的私人图书馆,中产阶级读者从流通图书馆借阅小说或者购买每月连载的刊物,工人阶层读者则通过廉价杂志读小说。可见,中产阶级和工人阶级读者是文学快速消费品市场的主力军。

司各特和奥斯丁等人的小说首发时基本都以当时英国最流行的三卷本形式出版,这样便于流通图书馆最大效率地借阅流通。19世纪一二十年代英国大出版商康斯坦布尔掌控了英国小说出版业的定价权,自 1821 年开始,一套三卷本的小说在英国书市的标准售价为 1.5 几尼(约合 1.575 英镑),一直保持了 70 年未变。这种高价图书无法激起普通中产阶级的消费意愿,图书销量基本依靠流通图书馆批量采购(Shattock,2012:4-6)。当时英国各地的流通图书馆是图书出版市场最重要的主顾,在文学市场话语权很大,给作者和出版商施加了很大的影响力。18 世纪以来,各种流通图书馆每年的订阅会员价格较高,不同服务等级的会员价一般为 5 先令到 1几尼(Benedict,2004:17)。[①] 即便这样,仍然还有大量中下层人士的文学消费需求无法得到满足。在摄政时期,一名男工平均年收入是 30 英镑,女工只有 15 英镑(Craig,2015:3)。随着英国民众识字率不断提高,广大中下层人士日益增长的文学消费需求跟文学市场发展不充分的现状产生了矛盾。连载作品这种快速消费品恰好抓住了这个消费市场的风口,开始在英国文学市场大行其道。《匹克威克外传》的连载正是在这样的历史背景下产生的一个快速消费品性质的文学项目,试图为社会中下层人士提供适合的文学作品消费渠道。《匹克威克外传》选择在每月最后一个周五发行,每期售价 1先令,针对的目标读者群就是英国中下层群体。

作为小说出版模式的一大革新,以快速消费品模式进行的连载

---

① 1 英镑=20 先令,1 几尼=21 先令。

出版对作者、出版商和读者而言都有好处。连载出版可以加快出版商的资金周转率，用较小的投资产生更多的利润，还能降低投资风险，可以根据市场销售情况调整印刷数量。如果销量不理想，甚至可以直接终止项目，以最大程度减少损失。《匹克威克外传》设定的潜在消费对象是伦敦人，刚开始基本都在伦敦售卖，前几期销售情况并不理想，"为了拓宽伦敦以外月刊的消费渠道，他们以包销退货的方式向一些乡镇发售了 1500 册，最终售出 50 份，其余的全部被退回了"（Hooper，2017：103）。在这关键时刻，狄更斯站了出来，提出新的项目方案，渡过了难关，从第 4 期开始迎来转机，销量直线上升。《匹克威克外传》在英国小说连载出版的历史上占有举足轻重的地位，它"几乎凭一己之力使得连载形式广为流行"（Watkin，2009：43）。最终《匹克威克外传》的爆红让狄更斯跟出版商查普曼与霍尔（Chapman and Hall）图书公司都大赚一笔，仅连载收入一项就让公司赚了 1.4 万英镑，狄更斯则得到 2000 英镑稿酬、500 英镑分红以及其他各色入账（Patten，2011：72）。后来查普曼与霍尔图书公司跟狄更斯成了终身合作伙伴。连载出版让狄更斯发现了职业作家谋取最大经济利益的最佳渠道，此后他几乎所有的作品都是连载发行的。狄更斯发现了这个商机，于 1850 年和 1859 年创办了文学周刊《家常话》（*Household Words*）和《一年四季》（*All the Year Round*）作为小说出版平台，每期同时发表或连载多部小说，可见他对文学快速消费品市场的极度青睐。

　　文学快速消费品市场分期付款、分期阅读的方式给读者也带来了极大便利，他们更加灵活地从书店或报童手里购买报刊，更早看到最时新、最流行的作品，而不用再像过去一样在流通图书馆报名排队等着取书，或者在书店看着高价的三卷精装本望而却步。分期购买给读者更多的主动权，他们可以选择一直等自己喜欢的小说更新，追着购买，或者在中途放弃，转而选择其他小说。对作者而言，可以按期收稿酬,不再像过去一样全书出版才能出售版权拿稿费或自费印书售完之后才能获得利润分成。连载出版这种高度市场化的模式也给作者带来了更大的压力,他们必须保持高强度的写作,按时更新。如果销量持续低迷,不少作家会被迫终止连载,整个文学项目便宣告结束。在一定程度上,连载的形式可以让读者跟作者形成互动,读者的反应和呼吁甚至有时可以影响到作者后续写作时对人物和情节走向的设定。《匹克威克外传》前几期销量不好,到了第 10 章,狄更斯加入了一个插科打诨的人物塞缪尔·维勒,大受欢迎,销量立刻大增。《匹克威克外传》继承了英国文学传统中的流浪汉小说模式,但是并不是以曲折的情节引人入胜,而是由一些幽默场景串联而成的。《匹克威克外传》展示了狄更斯作为职业作家敏感的市场嗅觉,他跟出版商一道把握住了时代的脉搏,了解当时读者的心理需求,以廉价文学出版物为突破口,新题材和新出版形式强强结合,再加上狄更斯与生俱来的惊人文学天赋[①],该小说便迅速占领了文学快速消费品市场。

《匹克威克外传》引领了维多利亚时期早期的连载文学出版市场,它的爆红和示范效应对当时的读者也产生了重要影响。尼古拉斯·达姆斯(Nicholas Dames)在评论 19 世纪英国连载小说的社会功能和阅读伦理时指出,连载小说"训练了读者,使之以更快的速度消费文本,用注意力高度集中和分散相间的节奏形成更小的理解单元。从心理学批评的优势角度来看,维多利亚时期小说是一个训练

---

① 连载发表时间紧、难度大,对作家想象力和精力要求极高,维多利亚时期仅有狄更斯做到了一以贯之地以连载形式发表作品,萨克雷和查尔斯·列弗(Charles Lever)勉强可望其项背。月刊连载的形式在维多利亚时期并不常见,1837—1870 年英国出版了约七八千部小说,每年以这种形式发表的小说基本都是个位数。参见: Sutherland, John, 1995. *Victorian Fiction: Writers, Publishers, Readers.* Houndmills: Macmillan: 90.

场，它加强而不是背离了工业化意识"（转引自：Allen，2014：35）。到了《匹克威克外传》所处的时期，英国的工业化和市场经济制度已经进入比较深入的阶段，在此之前的 1825 年英国还爆发了首次经济危机。英国文学市场也遭到惨烈冲击，数年内将近三分之二的出版公司倒闭，连当时最大的出版商康斯坦布尔都无法幸免。经济复苏以后一大批新的出版公司诞生，启动《匹克威克外传》的查普曼与霍尔图书公司成立于 1830 年，在资本密集的伦敦出版市场只能算后起之秀，为了应对出版市场的激烈竞争，他们愿意开发新项目形成竞争优势。连载小说的出版过程体现了工业化时代快速消费品生产周期短、节奏快的特点。为《匹克威克外传》提供文字稿的狄更斯和制作插画的哈布洛特·布朗（Hablot Browne）等人每个月都是朝着月底出版的截止日期狂奔，用高强度的工作为当时的读者呈现出一份高质量的文学快餐。狄更斯善于在每期结尾处留下悬疑或者在精彩部分戛然而止，吊足读者的胃口，吸引他们购买下一期。随着造纸机和蒸汽印刷机在摄政时期相继应用到文学出版市场上，廉价书籍和报纸杂志的印刷量变大，售价进一步降低，进入普通民众的消费能力范围之内。过去新小说通常以三卷本形式出版，价格昂贵，中下层民众无法在第一时间接触到时鲜"文学"，如今《匹克威克外传》这样口碑极好的文学作品在第一时间也成了自己可以享用之物，这种获得感唤醒和刺激了中产阶级和中下层民众潜藏已久的文学消费欲望。在每个月的漫长等待中，读者们在茶余饭后围绕最近一期内容议论情节，臧否人物，等待着新一期连载的上市。文学成了他们生活的一部分。待到小说最终完结时，这场由文学工业生产线集体炮制的文学想象的集体狂欢终告结束，他们便将目光投向别处，期待着下一部有口碑的作品出现，然后一拥而上，开始另外一个充满期待与煎熬的漫长循环。

第二节　《匹克威克外传》的图文之争

　　跟 19 世纪英国文坛的很多通俗文学作品一样,《匹克威克外传》并不是以纯文学的形式诞生的,而是以一个"文化项目"的面目出现的。这部作品并不是狄更斯一个人的成果,它的诞生过程颇费周折,涉及出版公司和好几位漫画师。最早提出《匹克威克外传》这个文学项目的原创设想的并非狄更斯,而是当时的著名漫画家罗伯特·西摩(Robert Seymour)。西摩想要推出一个漫画连载专栏,描写"猎迷俱乐部"的一群热爱户外运动的伦敦佬外出遭受各种波折,他得到了查普曼与霍尔图书公司的支持。一系列机缘巧合之下,当时还默默无闻的狄更斯在 1836 年 2 月 10 日被查普曼与霍尔图书公司老板威廉·霍尔(William Hall)以 14 英镑的价格雇用,每月为漫画配一期小说连载(Patten, 2012:86)。在最初的规划中,这个连载项目以西摩的漫画为主,狄更斯的说明配文为辅,结果雄心勃勃的狄更斯反客为主,取得了主动权,让原本主导的漫画变成了他故事的插画(Cohen, 1980:41)。《匹克威克外传》不仅是狄更斯跟西摩等人协商合作的结果,出版商也发挥了重要作用。一个明显的例子是西摩将主角匹克威克画成了高瘦身材,因为狄更斯在最初的文字中只提到匹克威克秃顶、戴眼镜、目光炯炯有神,对于身形并没有具体描述,图书公司另一个老板爱德华·查普曼(Edward Chapman)发现情况后,坚持让西摩将匹克威克画成大腹便便的形象,而且还提议用自己的一位朋友做模特(Cohen, 1980:41)。狄更斯和西摩都是倔强而有追求的艺术家,他们为图文之间的主导权和故事细节问题发生了不少摩擦,几乎反目成仇。《匹克威克外传》第 1 期出版之后,销量并不好,印制了 1000 份但只售出 500 份,经营出现亏本，第 2 期时印数即减至 500 份，以应对市场变化，出版商甚至有立刻终止这个文学项目的想法。但是狄更斯胸怀凌云之志，再加上当时刚结婚不久很缺钱，他说服了出版商将《匹克威克外传》的连载项目继续下去（Patten，2005：13）。《匹克威克外传》最早是由西蒙和图书公司牵头制定蓝图的，但是从第 2 期开始，狄更斯就成了整个项目的实际负责人和灵魂所在。

　　1836 年 4 月 22 日，患有抑郁症多时的西摩烧毁了所有跟《匹克威克外传》相关的书信和文件，在后花园中自杀身亡，此时《匹克威克外传》第 2 期连载都还未上市。似乎为了表示自己抗议的姿态，西摩将第 2 期的人物画成了脸朝里背朝外（Patten，2012：100）。随后罗伯特·布斯（Robert Buss）画了两期，再之后换成了哈布洛特·布朗（笔名 Phiz）。布朗跟狄更斯组成了固定搭档。后来狄更斯跟西摩的遗孀和儿子围绕《匹克威克外传》的版权和原创者问题爆发了纷争，数十年间双方各执一词，狄更斯立场坚定，从未妥协。①狄更斯多次在书信以及其他场合重申自己的主张。《匹克威克外传》在后来重印时，他专门写了一个序，将他如何开始接触和写作此书的来龙去脉做了详细介绍（Dickens，1994：vii-xiii）。在查普曼与霍尔图书公司和西摩原来的规划中，《匹克威克外传》这个文学项目是以漫画插图为主、文字为辅的，因此插画家的作用远大于文字作者。西摩去世之后，狄更斯说服图书公司老板一起对小说连载出版的形式进行改革，在不增加印刷成本的情况下②，将原来每期 4 幅漫

---

　　① 据现存资料显示，狄更斯跟西摩家属交恶的原因主要应该是对方的无理要求和过分的举动。狄更斯对待合作伙伴的家属并非一直薄情，为他出版《博兹特写集》的出版商约翰·马克龙（John Macrone）英年早逝后，虽然之前两人也有嫌隙，但他仍然仗义为其家属编写了明显仿照《匹克威克外传》出版的图文小说《匹克尼克外传》（*Pic Nic Papers*），1841 年即筹得 450 英镑。具体可参见：Hooper，Keith，2017. *Charles Dickens：Faith，Angels and the Poor.* Oxford：Lion Books：114.
　　② 插画的绘制、蚀刻和印刷都靠手工，价格相对较为昂贵。

画缩减为每期 2 幅,将原来每期 24 页文字扩大为 32 页(Patten,
2001:20)。原来是每幅插图配 6 页文字,如今每幅插图可以配 16
页文字,一来一去之间,完全确立了文字为主导的绝对地位。狄更
斯终于取得了整个项目的绝对控制权,可以按照自己的设想大展身
手,而他也没有浪费机会,很快《匹克威克外传》就在英国爆红。

　　《匹克威克外传》并不是插图配文字发行模式的原创者,多年前
就有皮尔斯·艾岗(Pierce Egan)的《活在伦敦》(Life in London,
1820—1821)和哈丽雅特·马蒂诺(Harriet Martineau)的《政治经
济学图志》(Illustrations of Political Economy, 1832)等作品以这
种模式发行。《政治经济学图志》以分期连载的形式发行,目的在于
以半慈善的形式体恤中下层收入读者,而《匹克威克外传》则完全不
同,它是一种完全的商业行为,将读者视为具有同等尊严的消费主
体(Sutherland,1995:88-89)。由于种种原因,这两种插图配文字
连载发表的作品都没能真正成为英国文学史上现象级的文学事件。
狄更斯是更为成熟和专业的作家,他跟查普曼与霍尔图书公司合
作,在商言商,平等交易,在保证产品质量的前提下以合理价格销
售,真正以读者为中心,而非屈尊地抱着同情读者或者做慈善的态
度经营文学,这才是成熟和专业的文学市场主体应该秉持的商业
伦理。

　　出版商查普曼与霍尔图书公司一开始就将《匹克威克外传》作
为一个商业项目进行标准化运作,对每期连载的字数有详细规定。
1836 年 2 月 12 日,出版商刚跟狄更斯谈好合作,他们就以书信方式
制订了合作条款,约定"拟以每张全开纸(8 开 16 页)9 几尼的价格
支付稿酬,每页约 500 单词,每周交稿纸一张半",还约定"若销售情
况良好,本公司将酌情提高稿酬"(Patten,2012:88)。狄更斯本人
亦很有商业头脑,深谙当时文学快速消费品市场读者的消费心态,
跟出版商一起合作,尽量让读者体会到购买连载刊物时能得到物有

所值的满足感。他有策略地将连载刊物的版面印满文字或图画——"在 36 年的连载生涯中,狄更斯基本都是将每期的版面用到最后一页或最后一栏的最后一行"(Patten,2012:221)。《匹克威克外传》的插画和文字相得益彰,已经成为英国文学史上的经典之作。有学者认为该书的插图并不是臣服于文字的附属物,而是合作者和评判者:"这些插图是一种利用视觉语言持续不断对文字文本进行的评论解说,是一种图像化的反文本,它们并不是屈从地装饰文字文本,而是对文字文本进行评述。"(转引自:Miller,1992:96)自从布朗给《匹克威克外传》画插画之后,狄更斯跟他合作得相对比较愉快,沟通更加通畅。布朗从第 4 期连载开始接手,此时正值狄更斯在小说中刚刚引入维勒之际,布朗"对狄更斯这个新创造的人物倍加重视","抓住这个人物扬扬自得的神态,使插画和文字一起放飞公众的想象力"(Lester,2004:ii)。狄更斯跟布朗合作连载内容时,通常是狄更斯将自己准备写作的故事梗概告诉布朗,然后布朗全权负责插图的设计、绘制、蚀刻和印刷。狄更斯和布朗各自负责文字和插图,印刷完毕之后组成一期连载套装推向市场,然后出版商负责刊登广告和营销。每一期出售的《匹克威克外传》都做成套装形式,最里面是 32 页文字,配上 2 幅插图,外面再加上广告页,"到最后一期大结局之时,会两期连载,另配封面,凡购齐全部 20 期者即可装订成小说一册"(Lesser, et al.,2019:275)。这无疑是一条成熟的文学产品流水生产线。

第三节　伦敦腔与城市文化的意义

狄更斯将《匹克威克外传》故事的时间起点定在摄政时期,叙述者假托发现了一批匹克威克俱乐部档案、书信和手稿,以转述的形式讲述故事。小说开篇即写道："1827 年 5 月 12 日。主席,匹社永任副社长约瑟夫·史密格斯老爷。一致通过如下决议……"(1)①摄政时期临近结束时,英国文学的主题发生了一次较为明显的转型:在此之前,文学主角甚少为社会底层人物;随着越来越多的人涌入伦敦,到了 19 世纪二三十年代,英国报纸杂志上出现了越来越多描写伦敦本地人(cockney)日常生活的短札和随笔,常配以插图,达到图文并茂的喜剧效果(Dart,2012:223-224)。1817 年至 1818 年间,司各特的未来女婿约翰·吉伯森·洛克哈特(John Gibson Lockhart)领头在托利党麾下的《布莱克伍德杂志》(*Blackwood's Magazine*)和《每季评论》等媒体掀起了一波针对李·亨特(Leigh Hunt)、威廉·海兹利特(William Hazlitt)和济慈等人在内的舆论攻势,将他们称为"伦敦土腔派"(Cockney School)。这波沸沸扬扬的舆论攻势在一定程度上更加激发了 19 世纪二三十年代英国文坛关注伦敦人的"伦敦腔"和他们的生活方式。

在英国,不同的民族使用不同的语言,即便同为英语,不同地域的人也使用不同的口音说当地方言。相对于标准口音(Received Pronunciation)、牛津口音、利物浦口音、肯特口音、苏格兰口音而言,伦敦腔并不是一种高级的口音。伦敦腔(cockney,也指说带伦敦腔的伦敦本地人)这个词来源于中古英语,意为"鸡腿"(cock's leg),17 世纪以后成为英国人对用土腔讲话的伦敦居民的一种轻蔑称呼,严格意义上指居住在圣玛莉勒波教堂(St Mary-le-Bow)钟声所及之地的人。虽然它被认为是"世界上最伟大帝国的最伟大城市的特色口音",但是人们很久以来都"不愿将它视作方言,而是将它看成一种错误百出的庸俗说话方式",直到 20 世纪上半期,它的历

---

① 本书所引《匹克威克外传》的中文均来自以下译本:狄更斯,1979. 匹克威克外传. 蒋天佐,译. 上海:上海译文出版社. 后文出现时仅标注页码,不再另行做注。

史地位都仍极低，——"在所有非标准形式的英语中，伦敦腔是最受
鄙视的"。(Matthews，2015：ix-x)伦敦腔的使用群体主要是伦敦
的工人阶级、摊贩、走卒等形形色色的社会底层人物。伦敦腔打破
了标准英语严谨的语法体系，在词汇方面极具创造性，善用各种生
动的俚俗之语。在小说中使用具有地域风格特色的方言当然不是
狄更斯首创的技巧，摄政时期司各特在他轰动一时的历史小说《威
弗莱》中就启用了苏格兰高地的盖尔语和苏格兰语。① 在狄更斯写
作《匹克威克外传》之前，本·琼生(Ben Jonson)在他描写市井生活
的戏剧《人人高兴》(*Every Man in His Humor*，1598)和《巴塞洛缪
市》(*The Bartholomew Fair*，1614)等作品中已涉及伦敦腔。到了
摄政时期，英国已有小说家皮尔斯·艾岗的《活在伦敦》和威廉·托
马斯·芒克立夫(William Thomas Moncrieff)的《汤姆和杰瑞》
(*Tom and Jerry*，1821)使用伦敦腔并受到市场欢迎(Page，1988b：
65)。就像奥斯丁将安·拉德克里夫和夏洛特·史密斯等人使用的
自由间接用语发扬光大一样，狄更斯也将地方口音和方言这种 19
世纪英国小说人物塑造的重要技巧推向了新的高度。他在《匹克威
克外传》和《雾都孤儿》等作品中塑造了大量使用伦敦腔的鲜明人
物，得到了当时民众的喜爱和热议。

　　《匹克威克外传》的塞缪尔·维勒是英国文学史上使用伦敦腔
的经典人物。他出场之后说的第一句打招呼的话"Hollo!"就显出
跟标准英语不同的特色，带着浓厚的伦敦腔。当时楼上打扫房间的
女服务员让他送 22 号房的鞋子上去，他马上接着说"Ask number
twenty-two, vether he'll have 'em now, or vait till he gets 'em"

---

　　① 《威弗莱》出版以后，《爱丁堡评论》主编杰弗里刊文略带夸张地提及此书的方
言问题："书中有一半对话用方言写出，全国有五分之四的读者看着不知所云。"
(Jeffrey，1854：523.)

（148）。标准英语应为 "Ask number twenty-two, whether he'll have them now, or wait till he gets them"。伦敦腔的一个特点是将 "w" 和 "v" 两个音不加区分，同时有些辅音如 [ð] 变成了吞音。除此之外，维勒还有一些个人特有的用语习惯（idiolect），成为全书幽默和笑料的来源。伦敦腔有大量的俗语、惯用词和押韵词，不太容易为外人所用甚至所懂。

狄更斯的青年时代在伦敦度过，熟悉那里的风土人情，年轻时做过记者，对伦敦各行各业动向和各阶层的生活都很熟悉。他的首部文学作品《博兹特写集》也是配图小说，通过《纪事晨报》分期发表，里面就有大量章节围绕着伦敦的街道、商铺、剧院、花园、政府机构、交通工具，以及餐饮和当地人的生活等方面展开描写。J. 希利斯·米勒（J. Hillis Miller）在他的《地形学》（*Topographies*）一书中就以《匹克威克外传》第 33 章为例，指出狄更斯在书中运用了他熟知的伦敦地形学知识，大量使用伦敦本地的街道、商铺、酒吧和旅馆等真实名称，即狄更斯心目中的读者应该熟悉这些伦敦本地文化信息，拥有足够的先在知识；如果读者不知道这些知识，就体会不到书中很多重要的社会学意义和个人意义，"该书是一个极佳的例证，许多小说都假定读者群体享有同样的地形内部空间"（Miller，1995：105）。维勒是《匹克威克外传》中最出彩的人物，说话幽默而无所不谈，上至英国时政历史，下至街头巷尾的闲谈逸闻，他都能侃侃而谈。维勒在第 10 章出场时是在伦敦一家车马店"白牡鹿旅馆"当侍从，他"穿着粗糙的条纹背心，配上黑布袖筒、蓝色玻璃纽扣、褐色短裤和裹腿。一条鲜红色的围巾松松垮垮地绕在颈上，一顶旧的白帽子随随便便地歪戴在头上"（143）。这是当时英国从事服务业阶层的经典服饰，他出场时正在工作："他面前有两排靴子，一排是擦好的，一排是脏的，他每次往擦好的一排上加一只的时候就停下手来带着显然的满足神情端详工作的成果。"（143）叙述者在这里使用的是外聚焦的模式,用摄像机一样的方式将故事场景和人物外貌、形态和对话白描呈现给读者。维勒从职业到仪表都体现了当时伦敦中下层工作者的形象,他很善良,很精明,油腔滑调,还带着一些小任性,"完全就是壮实和自主的劳动阶层的象征——男仆、马夫、守林人、农民,或者说是芸芸众生的每一个人"(Hobsbaum,1998:31)。按照《堂吉诃德》以来小说传统的人物设定,维勒是一个聪明仆人的形象,他跟主人匹克威克先生形成对照关系——匹克威克是个仁慈宽厚而不切实际的主人。维勒贡献了大量幽默和喜剧的梗,说话内容夸张,喋喋不休,好用一些不着边际的俚语和典故,造成喜剧效果。这个人物的说话方式带有鲜明个性,极具狄更斯的文学风格。

维勒在书中操着一口浓厚的土腔,他的口音、措辞和言谈内容表明他是伦敦下层劳动人士。他不仅大量使用伦敦俚语,发音还带有一种奇怪的腔调,狄更斯采用不规则拼音的方式展示他对元音和辅音的一些特殊处理。不仅是伦敦以外的读者不容易看懂或听懂维勒的土话,就连书中一些故事人物听他讲话偶尔也有困难。比如第 13 章里,维勒跟匹克威克先生讨论竞选丑闻时用了"hocus the brandy-and-water"这个动宾搭配,这可能是伦敦下层人士常用的街头行话,出身于体面中产阶级的匹克威克先生根本听不懂,一头雾水,连忙询问是什么意思,原来是表示将鸦片精放到酒里(201)。第 20 章里,同样的情形又出现了,维勒告诉匹克威克先生,说"they're a-twiggin' of you",匹克威克先生听不懂,维勒只能用肢体动作来解释,"把大拇指从肩头上往后指指作为回答",原来是有人在远处偷偷往这边看(317)。著名的文学评论杂志《每季评论》认为《匹克威克外传》成功的秘诀在于狄更斯"真正的常识智性和纯粹的伦敦下层民众的土话习语"(转引自:Himmelfarb,2012:72)。狄更斯将地道的伦敦中下层民众的土话习语写入小说中,使之带有浓厚的地方色彩,不仅让伦敦本地读者产生了广泛的情感认同,还使偏远地区的人领略到了首都人民的生活气息。狄更斯对方言土语的使用是有策略的,他将维勒塑造成一个正面人物,说的土话带着新鲜的生活气息,正直品格和幽默感拉近了读者与他的感情距离,也让读者对伦敦土话产生情感认同。P. J. 济庭(P. J. Keating)指出,狄更斯"将伦敦腔作为一种阶级方言,但只在特殊情境下广泛使用土话发音。他从不用伦敦腔来指代工人阶级的粗俗,也不讽刺伦敦东区人教育程度不高"(Keating,2016:253)。狄更斯当然不会用伦敦腔来讽刺伦敦东区的劳工阶层,他自己就出身于工薪阶层,父亲曾是海军财务处的小职员。狄更斯青年时代曾一度寄人篱下,到鞋油厂工作补贴家用,他对底层劳动人民的生活深有感触,对伦敦的城市地貌和文化很有感情。更重要的是,这些伦敦东区的工人正是《匹克威克外传》的潜在消费者。《匹克威克外传》连载发表后深受伦敦各阶层人民的喜欢,"出身高贵者在豪华住所或者私人俱乐部享受阅读乐趣,贫寒者凑份子钱购买,每期都不落下,请人读给他们听"(Warren,2011:48)。跟以前适用于租借图书馆的三卷本常见发行模式相比,《匹克威克外传》连载出版的模式极大地开发了低收入阶层的市场,让他们在消费能力范围内可以第一时间购得最时兴的小说。

维勒满口发音不清的伦敦腔,天马行空地旁征博引,死劲地炫耀他的历史掌故和时事逸闻,这种主题和语气之间的不兼容与不合宜产生幽默效果。维多利亚时期的人行事做人都讲究合宜,在那个时期的中产阶级读者听来,维勒这种没有学识却假装斯文的说话方式是一种庸俗的体现。贝丝·纽曼(Beth Newman)指出,"喜剧性地挪用'大词'是维多利亚小说中说伦敦腔人物的一大特色,比如狄更斯的塞缪尔·维勒和萨克雷的查尔斯·J. 耶鲁普拉什①，但是错误的学识并不属于众多礼仪手册所批评的那种'矫情'"（Newman，2016：21）。众所周知，在 18 和 19 世纪的英国，阶级壁垒森严，阶级并不是单纯按照年收入来划分的，而是由人们的职业和家庭出身来决定的，不同阶级有不同的生活方式和价值观。一般而言，中产阶级"大部分人重视勤勉、性道德和个人责任"，关注子女教育，按时去教堂，注重家庭，还有褒扬"节制、节俭、上进、准时、有益的娱乐以及审慎的婚姻等"阶级美德（Mitchell，1996：21-22）。

　　阶级不仅是政治概念和经济学概念，还是文化概念。要成为中产阶级，必须维持中产阶级的生活方式。每个阶级都有与之相宜的一套话语体系，包括词汇、发音、说话内容、言说方式等。在具有等级秩序的阶级社会中，处于下方的阶级有时会跨越自己的阶层去越级使用更高阶层的话语或者模仿他们的生活方式，但往往只能生硬拙劣地模仿，不能真正谙熟该阶层的文化内涵，因而产生谬误，洋相频出，矫情做作，总是让人生厌。狄更斯在《匹克威克外传》中以高超的文学天赋取得了微妙的平衡。维勒在出现以后，贡献了小说的大部分笑料。旅馆侍从出身的他大多数时候都在喋喋不休，略显卖弄地用伦敦东区的俚语俗话来说话，满是一副市井小民油腔滑调的样子，他时而幽默时而滑稽的表达方式很接地气，经常能出其不意地让读者捧腹大笑。他偶尔也会用一些不合时宜和身份的大词，比如他刚出场时，第一句话是打招呼，第二句话是一句没有实际意义的胡诌，第三句话他很有幽默感地回复了女仆要他拿客户鞋子上楼的催促："你真是个好女人，说得这么好听，加入乐队倒不错……二

---

　　① 萨克雷小说《查尔斯·J. 耶鲁普拉什回忆录》（*The Memoirs of Mr. Charles J. Yellowplush*）的主角，该书最早于 1837—1838 年连载发行。

十二号是什么人,想压下别的一切? 不行,不行,杰克·凯契①把人绑起来的时候说得不错,要按次序轮着来(regular rotation),对不起,要你等一等了,先生,但是我马上就来侍候您。"(145)他在这句话中引用了刽子手杰克·凯契的典故和莫名的专业术语来表明自己按顺序干活的态度,所引典故、专业术语跟他的擦鞋工作之间明显程度不在一个层次之上,这种巨大差异造成了滑稽效果。小说出版后,维勒的这种表达方式受到了读者热捧,在 19 世纪被称为"维勒范儿"(Wellerism)(Bowen,2000:65)。综观全书,此类不合宜的大词体量并不大,狄更斯很好地控制了维勒的矫情和卖弄,更多呈现出他作为伦敦东区人精明和伶牙俐齿的一面,整体上在读者那里可以得到好感。济庭指出,伦敦腔跟其他地区的口音或方言不同,"它强化而非消弭了阶级鸿沟,它加剧而并非弱化了社会分工,它是一种在特殊地域广泛使用的语言,说话的都是'没文化'的人"(Keating,2016:247)。在中产阶级看来,说伦敦腔的伦敦东区人基本都是没文化的劳工阶层和中下层民众。维勒的伦敦腔和不合宜的大词并不是狄更斯为了喜剧效果而平白创造出来的,这种言行举止表征的是维多利亚时期城市中产阶级对下层民众的一种阶级优越感,又是一种扬扬自得的美学想象。

第四节 伦敦东区与帝国心脏:
城市中产阶级的美学想象

1802 年 7 月 31 日清晨,华兹华斯跟妹妹多萝西一起在查令十字街登上马车启程前往法国。看惯了湖区自然风光的华兹华斯在

---

① 杰克·凯契(Jack Ketch),查理二世时期刽子手,曾处决蒙马斯公爵(Duke of Monmouth)等大量名人,以凶残冷血闻名。

马车上看到泰晤士河跟伦敦市中心繁华的商业景象，血脉贲张的感觉油然而生，在马车上写就十四行诗一首，是为《在西敏寺桥上》（"Composed upon Westminster Bridge"）。[①] 他在诗中写道："教堂，剧场，船舶，穹楼和塔尖/全都袒卧在大地上，面对着苍天/沐浴在无烟的清气中，灿烂辉煌/……河水顺着自由意志向前推：/亲爱的上帝！屋桎似都未醒；/这颗伟大的心脏呵，正在沉睡！"[②]西敏寺桥附近有议会大厦、西敏寺、大本钟、泰晤士河等标志性建筑，是大英帝国政治、宗教和商业的辉煌象征，泰晤士河上的船舶将货物源源不断地运出或送进伦敦，成为帝国心脏的大动脉。

华兹华斯登车所在地的查令十字街是伦敦交通枢纽，狄更斯在《匹克威克外传》中也提到了伦敦的这个地方。小说刚开始时，匹克威克先生一大早在伦敦中区的高斯威尔街的临街公寓里起床[③]，那是一条靠近伦敦城北郊的街道，满是商铺和小楼，不算特别繁华，也是一个相对体面的中产阶级安居之所。他做的第一件事就是叫马车送他去"金十字旅馆"（6）。坐落在查令十字街口附近的金十字旅馆是当时伦敦马车的运输集散地。匹克威克先生跟俱乐部的成员在那里见面，准备坐车外出。到了《匹克威克外传》连载的年代，在新兴铁路运输的冲击下，伦敦的马车业已感受到寒意。叙述者说要在这种地方找古旧的马车旅社是徒劳无益的，"要发现这些古旧的地方，非走到比较偏僻的地段不可，在那些隐晦的角落里他会找到一些，它们仍然阴暗而坚固地站在围绕着它们的现代新建筑之中"（143）。狄更斯笔下这些破败的地方正是维勒上班的白牡鹿旅馆所在地，它位于泰晤士河以南的南华克区，离伦敦桥不远，跟伦敦东区

---

①　参见：Thomson, Clara L., 1907. *Poems by William Wordsworth*. Cambridge：Cambridge University Press：97.

②　中文采用屠岸的译文。

③　Goswell Street，现称 Goswell Road。

西南角隔河相望,旁边就是泰晤士河南岸的贫民窟。

这些问题不仅引起了文学家的关注,同样也引起了恩格斯的注意。恩格斯在《英国工人阶级状况》第二部分"大城市"的开端部分用极具文学性的文字描写了伦敦作为当时帝国心脏的澎湃动力,他指出,250万伦敦居民"把伦敦变成了全世界的商业首都,建造了巨大的船坞,并聚集了经常布满太晤士河的成千的船只。从海面向伦敦桥溯流而上时看到的太晤士河的景色,是再动人不过的了"(马克思,恩格斯,2016:303)。但是恩格斯显然不会满足于描绘这些有产者的财富世界,他看到了帝国心脏华丽外表下的血瘀和溃烂,那就是工人阶级和中下层民众居住的贫民窟,他用了数页篇幅对伦敦污秽、拥挤、潮湿和破败的贫民窟"乌鸦窝"(rookery)圣詹尔士等地进行了详细描述。① 如果说华兹华斯并非本地人,在马车上没有看见附近的贫民窟,或者因为诗歌主题关系而选择刻意将这些社会的阴暗面排除在自己的诗作之外,那么这些贫民窟对于常年生活在伦敦的狄更斯来说是一个绕不开的话题。狄更斯自童年时代就喜欢在伦敦各犄角旮旯之处玩耍,圣詹尔士对他有种"深沉的排斥的引力"(profound attraction for repulsion)(Forster,1872:39),成年以后他也经常去贫民窟体验观察或者做慈善。在《匹克威克外传》之前的《博兹特写集》以及其他作品对贫民窟和英国的贫穷问题都已有涉及,后来的《雾都孤儿》等作品对贫民和社会底层民众仍然有大量描写。《匹克威克外传》整体上是一部轻松幽默的小说,展示出英国美好的一面,同时狄更斯在里面又对司法和政治体制进行了鞭挞。同时,狄更斯在小说中还间或通过人物之口叙述一些恐怖血腥的轶事,给人一种诡异氛围和不祥之兆。狄更斯看到了大英帝国心脏表

---

① 恩格斯在此文序言中特别申明自己将英国中产阶级概念等同于资产阶级使用,表示有产阶级,把工人阶级、没有财产的阶级和无产阶级当作同义词来使用。

面的壮硕强劲，同时也发现了深层的病灶。他看到了英国中下层民众的艰苦，也看到了他们身上的力量，因而在作品中给他们更多发声的机会。

自菲尔丁和理查逊时代以来，英国小说描写的对象主要是中产阶级，小说中也会出现女仆、男侍从、园丁、铁匠、商贩、马车夫等人物，但总体而言大都是配角，在书中得到的台词有限，存在感不强，他们默默为主人服务，甚少出现喧宾夺主的情况。① 维勒在《匹克威克外传》出场时，小说已经到了第 10 章，前面讲述的都是匹克威克俱乐部几位核心成员的经历。匹克威克牵头的俱乐部成员是一群热爱户外运动的伦敦人，他们组成了一个"猎迷俱乐部"，常去英国各地郊游和渔猎。俱乐部的核心成员匹克威克先生是一个退休的商人，据称名字来源于马车运输公司老板摩西·匹克威克，外貌形象则是以出版商查普曼先生的朋友约翰·福斯特（John Foster）为原型（Rintoul, 1993：423）。匹克威克先生已经成为英国文学史上著名的人物形象，他大腹便便，宅心仁厚。"猎迷俱乐部"成员包括带着几分自恋和痴情的特普曼、以诗人自居的史拿格拉斯和眼高手低的文克尔。他们全都是无所事事又不靠谱的伦敦人，说不上富贵却也不用工作，有足够的财产供他们在伦敦，甚至是英国各地游走。

维勒之所以在《匹克威克外传》中占据了大量笔墨和篇幅，在很大程度上也是因为这个人物引入小说以后极受读者欢迎，立竿见影地提升了连载销量，因此狄更斯给他加了不少戏（Mays, 2002：18）。在小说中，维勒说着浓厚的伦敦腔，一出场在语言上就烙上了伦敦东区中下层人士的文化印记。他父亲是马车夫，出身无疑是劳动阶层，他最早在伦敦郊区旅馆当擦皮鞋的男侍从，在第 12 章中以

---

① 也有一些作品给了相当大的篇幅给仆人，如理查逊的《帕梅拉》（Pamela）和菲尔丁的《约瑟夫·安德鲁斯》。

年薪 12 英镑的工资被匹克威克先生雇为男仆。他能说会道,精明世故,时常为不切实际的匹克威克俱乐部成员解围。《匹克威克外传》发表之时恰逢维多利亚时期开始,在那时"阶级分野还比较清楚,随着人口和国民财富的增长,社会结构随之开始变化"(Hopkinson,1988:167)。英国贵族阶层基本是封闭的,到 1842 年英国有 562 个带贵族封号的家庭(Mitchell,1996:22),而中产阶级则较为驳杂,具有较大的社会流动性。伴随着工业化和商业化的快速发展,不断有出身劳工阶层的专业人士和成功人士通过努力积累了财产,跻身中产阶级。尽管土地贵族在经济上已经失势,但他们在文化上还刻意保持和营造一种扬扬自得的优越感,让一些经济上富有的中产阶级产生精神上的自卑感。劳工阶层在解决温饱之后同样有更高级的精神需求,会顺着社会等级的梯子攀附而上,他们羡慕和模仿的对象通常都是在理想和现实两个维度均有可能企及的中产阶级生活方式。

　　1832 年的《改革法案》依据家庭财产状况对选举权进行了限定,凡拥有或租用一年以上年价值 10 英镑(税后)以上房产且过去 12 个月内未受过政府救济的城镇居民、拥有年价值 40 先令房产和年收入 10 英镑以上的公簿租地农或长期佃农及 50 英镑以上的租地农可有选举权,1833 年符合条件的男性选民占全国成年男性总人口的 18%(Kinzer,1988:253)。阅读文学作品是 19 世纪英国中产阶级娱乐和消遣的重要途径,是中产阶级生活方式的标志物。《匹克威克外传》分期连载销售的形式为中产阶级提供了极佳的文学消费契机,在价格不菲的三卷精装本的最新最时髦的小说跟廉价重印的过时旧小说之间,他们终于有了性价比极高的第三种选择。萨利·米歇尔(Sally Mitchell)认为"维多利亚时期小说的作者、读者和内容基本都只是跟 6 万户左右的家庭有关,他们每年可以花得起 1 几尼来交图书馆订阅会员费或者负担得起每月 1 先令去买一本分期出版或者在杂志连载的小说"（Mitchell，1981：1）。第一时间购买或者传阅《匹克威克外传》这类新鲜的文学作品，不仅可以满足工人阶级和社会中下层人士娱乐的精神需求，还有助于提升他们的生活品位，彰显生活质量的更高档次，让他们加入小说虚构叙事所营造的读者共同体，体验到这场集体文学狂欢带来的感官娱乐和情感归属。

《匹克威克外传》的连载成为 1836—1837 年英国文坛的一个现象级事件，它的流行在很大程度上归功于狄更斯个人的文学天才和查普曼与霍尔图书公司的商业胆识。然而这只是历史的显在力量。在这冰山之下涌动着深邃而庄严的历史洋流。伦敦腔文学的兴起是工业化和城市化双重进程中，伦敦城市中下层阶级在维多利亚时期英国小说里逐渐占据中心地位的重要标志，它不仅是小说题材的变化，更是一种美学上的调整。1837 年的伦敦内城有人口 12.3 万，城区总人口 152.3 万，加上郊区在内总人口约为 200 万（Gomme，1898：30），是当时欧洲乃至世界上人口最多的城市，也是大英帝国的中枢所在。工业化和城市化进程是人类历史上波澜壮阔的运动，它们汇聚到一起以难以估量的力量冲击着原有的社会结构。土地贵族的衰败和资产阶级的崛起是不可阻挡的历史潮流。伦敦和曼彻斯特等大城市的商业资产阶级与工业资产阶级率先在经济上取得优势，土地贵族和乡绅社会的凋敝在奥斯丁和其他摄政时期作家笔下得到了丰富的描写。

19 世纪 30 年代是英国历史上重要的改革时期。1832 年的《改革法案》最终以法律的形式加强了工业资产阶级在议会中的地位，保障了中产阶级的选举权，正式为他们的政治权力背书，以法律制度赋予他们政治自信。自此之后，贵族阶层势力消退，资产阶级和中产阶级登上了更加广阔的历史舞台。正如马克思在《共产党宣言》中对这个历史趋势所做的分析："在法国的 1830 年七月革命和英国的改革运动①中,他们再一次被可恨的暴发户打败了。从此就再谈不上严重的政治斗争了。他们还能进行的只是文字斗争。但是,即使在文字方面也不可能重弹复辟时期的老调了。"(马克思,恩格斯,1997:50)工业革命的历史潮流将工业资产阶级推向历史前台,资产阶级则"按照自己的面貌为自己创造出一个世界。资产阶级使农村屈服于城市的统治。它创立了巨大的城市,使城市人口比农村人口大大增加起来,因而使很大一部分居民脱离了农村生活的愚昧状态"(马克思,恩格斯,1997:32)。不仅如此,无产阶级也在迅速崛起,提出更多的政治诉求。就在《匹克威克外传》风行英国之时,英国的工人运动的火种也在不断燃烧升腾。1836年,伦敦工人协会成立;1837年2月28日,该协会首次召开大会时通过了一个政治请愿书,要求普选权和议会改革,并提交给议会。1838年5月,请愿书在15万人集会上正式发布,史称《人民宪章》,轰轰烈烈的宪章运动就此正式拉开序幕。

资产阶级不仅解放了生产力,而且培养和造就了大量中产阶级和无产阶级人士,这两大阶级集体力量的觉醒和势力的壮大被文学家们观察到并写入小说。卡莱尔在1829年的《时代征兆》("Signs of the Times")和1839年的《宪章运动》(Chartism)中已经关注到了工人阶级和社会矛盾问题,狄更斯后来的众多作品和19世纪四五十年代的"英格兰状况"小说家群体的出现都是对这些问题的正面回应。同时,中产阶级下层人士和工人阶级识文断字能力的提升又为文学市场开发出了巨大的消费市场,促进了维多利亚时期英国文学的繁荣。在《匹克威克外传》连载时的维多利亚时期初期,英国社

---

① 改革运动是19世纪20年代末工业资产阶级发动的议会改革运动,以1832年6月《改革法案》的通过为胜利标志。参见:马克思,恩格斯,1997.共产党宣言.中共中央马克思恩格斯列宁斯大林著作编译局,译.北京:人民出版社:73-74.

会贫富差距悬殊，阅读小说的主力军是中产阶级，工人和社会中下层人士总体上还并不是小说市场的消费对象。1840年英国人口普查时，调查人员发现35％的男性和将近50％的女性目不识丁，不会写自己的名字（Fernandez，2010：3）。这些不能读书识字的人士基本都来自社会底层和工人阶级。同为居住在伦敦东区的工人，他们的经济状况差距也比较大，熟练工人或家里劳动力多的普通劳工家庭经济状况相对较好，收入低、孩子多、有人失业或生病的家庭情况糟糕，只够勉强糊口，甚至缺吃少穿。《匹克威克外传》也展示出了一个双面伦敦：一边是富丽堂皇的建筑与活力十足的商业地带，是帝国的心脏，另一边则是衰败和拥挤不堪的东区贫民窟，那是帝国心脏的血瘀和栓塞之处。

　　《匹克威克外传》这类连载小说的生产、分配和消费过程形成了一个以文本世界为核心的文学话语传播行为。作者通过连载发表的形式讲故事，面临着多重阅读对象："出版商、专业'读者'、杂志编辑、流通图书馆经营者、书商以及直接或间接的公众读者。"（Wheller，2013：2）费伦指出，"叙事不仅仅是故事，而且也是行动，某人在某个场合出于某种目的对某人讲的一个故事"（费伦，2002：14）。狄更斯通过写作《匹克威克外传》，跟维多利亚时期的读者之间也产生了一种修辞关系，小说的写作和阅读过程形成了一个各种社会力量的汇聚之所，与维多利亚人的认知、情感、价值和欲望产生互动。连载出版小说的形式之所以广受19世纪英国读者的欢迎，重要原因在于它符合维多利亚时期强调耐心、忠诚、节欲的价值观。[1] 小说连载发行的形式"不仅便于个体读者得到小说，还有助于将这些个体分类成一个家庭、民族和阶级的单位——中产阶级"

---

　　① 参见：Hughes, Linda K. & Michael Lund, 1991. *The Victorian Serial*. Charlottesville: The University of Virginia Press: 1-11.

(Allen, 2003: 102)。中产阶级家庭重视家庭观念和子女教育,他们会定期购买或者借阅图书,在闲暇时刻全家一起读书,既能寓教于乐,又能增进家庭感情。

《匹克威克外传》每月出版一期,每期售价 1 先令,大大低于三卷本小说的价格,"即便如此,对劳工阶层和社会中下层民众来说仍然是一笔不菲的费用"(Bowen, 2018: 46),它的主流读者群注定是中产阶级。[①] 在 1837 年的英国,中产阶级约占全国总人口的 15%(Mitchell, 1996: 20)。狄更斯无疑是站在中产阶级阵营这一边的。他几乎在自己的文学生涯一开始就将关注的焦点放在伦敦这座大城市之上,他的文学世界截然不同于摄政时期奥斯丁式乡绅淑女们的宁静田园爱情故事,也不同于司各特式壮怀激烈的中世纪罗曼司。狄更斯的小说是带有一丝魔幻和诡异色彩的现代城市生活传奇,他的才能在于用幽默讽刺的笔调为中产阶级平庸刻板的生活抹上一笔玫瑰色的景致。当然,随着生活经历的变化和年龄的增大,狄更斯到老年以后变得消极和悲观,但那是后话,1836 年左右的狄更斯刚进入文坛,是一个精力充沛、乐观向上的年轻人,他的作品也鞭挞社会丑恶现象,总体而言都带有轻喜剧色彩。他笔下的伦敦拥挤而略显破败,却充满了一种别有魅力的人间烟火气。狄更斯在《匹克威克外传》之前完成的第一部文学作品《博兹特写集》描写的也是伦敦普通市民的生活,它的副标题直白而精准——"普通人的普通生活"。狄更斯的这个表述方式无疑抓住了英国维多利亚时期现实主义小说的精髓,这种理念不仅由他在后续的《匹克威克外传》等作品中一以贯之地坚守到底,还给后来的盖斯凯尔夫人、特罗洛普、乔治·艾略特等人带来了极大的启示。

---

① 它选择每月一期的方式瞄准的就是当时领取月薪的中产阶级,工人阶级通常在周五晚或周六领取周薪。

第七章　小说与诗歌的竞争：
文学期刊透出的文学远景

工业化和城市化进程在 19 世纪得到了前所未有的迅猛发展，英国社会的构造发生了重要变化。现代化进程给人们的生活带来了种种便利，新型价值观快速成形，对世代相传的旧时代价值观造成了剧烈冲击。在历史发生巨变的时代，作家们敏锐地捕捉到了社会转型过程中的各种变化，并以文学作品进行回应，用自己的文学作品参与到英国文化的形塑过程之中。"在过去的三百年中，文化概念的最重要的内涵是对社会转型的回应，是对于社会转型的焦虑以及化解这种焦虑的对策……"（殷企平，2013：239）浪漫主义潮流是文化界对法国大革命和工业化进程的直接回应，是对现代社会种种负面问题进行的反思。浪漫主义在 18 世纪末、19 世纪初席卷欧洲，也主宰了摄政时期英国文学的风尚。英国摄政时期历史大幕开启之时，小说、诗歌和戏剧这三种主要的文学体裁在英国文学史上已形成三江并流的景象，繁盛的英国文坛人才辈出，形成蔚为壮观的浪漫主义大潮。这三者之中，尤以诗歌为盛。诗歌历来在英国文坛都占据着至高无上的地位。现实主义小说自 18 世纪兴起之后，在摄政时期得到了长足发展。司各特的"威弗莱"系列小说在当时独步文坛，出尽了风头。奥斯丁还没有完全得到时人的认可，光芒还未绽放。随着华兹华斯和柯勒律治的日渐老去，拜伦、雪莱和济

慈又英年早逝,浪漫主义诗歌大潮在 19 世纪 30 年代已渐行渐远。青年女王维多利亚给英国带来了蓬勃朝气,使得英国朝着"日不落帝国"加速前行。伟大民族的复兴和大国的崛起需要积极向上的民族文化、严肃清正的社会风气和务实的工作态度。勃朗特姐妹、狄更斯、萨克雷、布尔沃-利顿、乔治·艾略特等一大批优秀小说家成为维多利亚时期的文化明星。到了维多利亚时期,诗歌在势力上已经明显逊于散文:"文学已经走下浪漫主义诗歌个体精英主义孤独激昂的山巅,转向小说中由社会语言与共有对话构成的公地。"(Davis,2007:227)小说是英国维多利亚时期文学取得成就最高的领域,而摄政时期是英国文坛风气发生改变的关键节点。

第一节　期刊文化的党派政治与反浪漫主义基因

众所周知,司各特早年是英国文坛首屈一指的诗人,但是他转行之后成了当时最成功的小说家,这个转变颇有历史隐喻意味。尽管司各特曾在人前声称自己转变的原因在于诗歌写不过拜伦[①],但是实情肯定不会如此简单,人人皆知的未必是真正原因。文学思潮的更替是诸多历史力量耦合、冲突、斗争和融合的结果,难以一言概之。毋庸怀疑的是,这一变化与英国现代化进程的加速,尤其是资产阶级力量在这个时期的迅速崛起密不可分。以诗歌为主要表达形式的浪漫主义潮流在维多利亚时期前期快速退潮,取而代之的是以小说为主要表达形式的现实主义潮流的崛起,这并不完全是文学

---

① 英国文学史上流传着一种说法,认为司各特之所以放弃写诗,是因为读了拜伦的《恰尔德·哈洛尔德游记》等作品之后自惭形秽,因为他曾对别人说:"我感到在拜伦更加强有力的天才面前,我最好是谨慎地偃旗息鼓。"(转引自:勃兰兑斯,1984:139.)

思潮的自然更替或者主动拨反，它在很大程度上是贵族与资产阶级之间文化战争的结果。

其实资产阶级对浪漫主义文化思想的抵制与反击并未等到维多利亚时期，而是在摄政时期其风头正劲之时就已经开始，因为此时他们已经切实感受到了浪漫主义文学对自己争夺领导权事业的巨大威胁。在土地贵族掌权时代，贵族乡绅与平民之间存在着由来已久的亲和感，双方存在一种互惠式的"家长主义—服从的均衡"（汤普森，2002：64），在对抗资产阶级以及随之而来的工业化的诸多问题上，他们形成了天然同盟。资产阶级掌权以来，英国工业化进程的步伐加快，劳资矛盾成为社会主要矛盾。在此背景下，资产阶级一面在政治、经济和法律等关乎民生的核心利益领域展开全面改革，以缓解工人阶级阵营施加的压力，一面在文化领域推行巩固地位的策略，其中就包括继续执行由来已久的反浪漫化攻势。资产阶级在取得政治领导权以后，继续在文化领域推行压制湖畔派和"撒旦派"新老两波浪漫主义文化思潮的策略。在英国资产阶级和贵族阶层之间进行的这场文化战争中，文学期刊是一处重要的阵地。

摄政时期，几本影响力极大的文学批评期刊在英国创刊，比如《爱丁堡评论》（创刊于 1802 年）、《每季评论》（创刊于 1809 年）和《布莱克伍德杂志》（创刊于 1817 年），它们有着各自鲜明的价值取向和党派政治色彩。早在 18 世纪末期，托利党人所代表的土地贵族阶层在经济上已经失去领导权，面对资产阶级咄咄逼人的姿态，他们仅靠依附王权而在政治上苦苦坚守势力地盘，此时悬而未决的主战场似乎就只剩下文化领域了。文化与政治从来密不可分，贵族阶层对此十分清楚，他们绝不会放过通过文化舆论巩固统治权和压制资产阶级的机会。资产阶级也必将在此地奋起反击。当然很多时候这种抵抗不需要从上而下的正式阶级战斗动员令，阶级成员个体在生活受到压制时便会为了自身利益而在局部范围内自发组织狙击行动。就文学而言，资产阶级在远离伦敦权力政治中心的地方找到了绝佳的突破口，那就是位于英国北部的经济与文化中心爱丁堡。

19世纪初期的托利党权倾一时，自1783年末以来他们连续执政多年，垄断了从伦敦到爱丁堡等大城市的上层政治结构，对辉格党进行倾轧。1802年10月，三个在爱丁堡颇有名气的年轻人因为拥护辉格党而备受托利党官僚体制的排挤，他们一时兴起便创办了一本专论时事与文学的杂志《爱丁堡评论》。或许他们自己也没想到它将成为19世纪初期最有影响力的文学期刊，会在英国的政界与文坛掀起不小的波澜。在1802年的英国，浪漫主义的第一波主浪正席卷全国：华兹华斯和柯勒律治的《抒情歌谣集》在短短5年内已印到第3版（再次扩充了"序言"），风头一时无两；司各特出版了《苏格兰边区歌谣集》；骚塞也发表了仿史诗《毁灭者塔拉巴》。《爱丁堡评论》在此时选择创刊恐怕不能便宜地归之于巧合。更需要提醒大家注意的是，它的创刊号恰巧选择了骚塞所属的浪漫派阵营（当时还无此说法）中的"薄弱环节"作为突破口，借以抨击那个群体："此书（《毁灭者塔拉巴》）作者所在的那派诗人持有奇怪的学说，对于诗歌与批评的权威正统体系而言，他们是异见分子。"(Jeffrey, 1802：63)此文由常任主编杰弗里亲自执笔，可见《爱丁堡评论》颇为重视抨击浪漫派这个文化议题。杰弗里此文立论思维绝佳，借用英语"establish"在宗教（国教）问题上的双关含义，使《爱丁堡评论》接续了英国文学批评传统的"权威正统"谱系，而将浪漫派驱逐成"异见分子"。通过这番政治话语与姿态伪装，辉格党人已经成功潜入贵族阶层的文化传统阵地，隐蔽在堑壕里调转枪口开始向浪漫主义文学开火，因为后者正是有利于稳固贵族阶层统治秩序的文化排头兵。浪漫主义在推动现代性事业方面具有进步意义，"在审美和艺术领域推进和确立了现代性的主体性原则"；然而对19世纪尚处在抢班夺权时期的资产阶级来说,他们在乎的是文化领导权的问题,他们之所以必须打压浪漫主义文学,从意识形态角度来说是因为浪漫主义同时又"擎起了审美现代性的大旗,对资产阶级的现代性进行了强烈的审美批判"。(张旭春,2001：127)对资产阶级队伍来说,这显然无法接受。

《爱丁堡评论》在创办初期并未对外宣告党派倾向,它通过讨论政治经济学与道德智性的学术文章不动声色地向读者灌输政治热情与改革意愿。随着杰弗里在 1808 年 10 月撰文激烈抨击托利党内阁,其后隐藏的党派门户问题终于浮出水面。托利党人毫不示弱,时任外交大臣乔治·坎宁(George Canning)迅速着手在 1809 年3 月创立《每季评论》与之针锋相对。于是后面就有了大家熟知的《爱丁堡评论》对湖畔派诗人的穷追猛扩,以及骚塞在《每季评论》的勤勉还击,他还于 1813 年被赏封为"桂冠诗人"。托利党人这次反应非常迅速,因为他们已经驾轻就熟。此前,由于缺乏有力的舆论武器,托利党政府曾在相当长的一段时间内都比较被动。1788 年就已在伦敦创刊的《分析评论》(*Analytical Review*)在政治与宗教事务上猛烈攻击托利党政府。囿于种种原因,托利党人直到 1797年才创办《反雅各宾派评论》(*Anti-Jacobin Review*)与之对抗,次年又以"诽谤政府罪"为名取缔了前者,舆论颓势才终于得到扭转。

在政治与宗教等核心舆论领域兵戎相见之后,两大阵营这次又将战场搬到了"高雅"的文化领域——浪漫主义文学。关于浪漫主义的政治与意识形态立场问题,学界向来颇有争议,殊难进行简单划分。在浪漫主义政治批评史上占据重要地位的卡尔·施密特(Carl Schmitt)指出了浪漫主义在复辟与革命、保守与激进、美化与丑化等方面的复杂情形。施密特援用了伊波利特·泰纳(Hippolyte Taine)对浪漫主义问题的政治历史解读,认为它的时代"始于 18 世纪",在 1789 年"用革命暴刀战胜皇权、贵族和教廷",在

1848年"六月起义"中却又"站在巷战中镇压工人阶级革命的那一方"（Schmitt，1986：12）。施密特意识到泰纳对法国浪漫主义的政治与阶级定性分析模式无法适用于整个欧洲多样化的浪漫主义运动，虽然他对浪漫主义隐含的现代自由主义以及资产阶级主体意识进行批判，并称浪漫主义为"主体化的机缘论"（subjectified occasionalism），但是他基本认同浪漫主义与资产阶级的内在政治联系，认为"（新兴）资产阶级成为浪漫主义的执行人，而浪漫主义成为自由中产阶级的审美"（Schmitt，1986：xxxvi，17）。施密特对政治浪漫主义做了比较彻底的分析与批判，在文化界有着深远的影响。学界普遍将浪漫主义定性为资本主义上升时期具有现代性与进步作用的意识形态。然而，出于理论建构需要，施密特等人从政治哲学与思想史宏观角度进行抽象与升华的批评往往无法顾及具体情景的复杂性与独特性。就英国浪漫主义文学潮流而言，它的执行人固然是资产阶级，但是它在政治领域起到的客观效果却并不完全有利于资产阶级。这种内在分裂恐怕不能简单用"积极"或"消极"浪漫主义的标签来予以打发。如果说《爱丁堡评论》等英国资产阶级主流舆论在"消极"浪漫主义正值巅峰之时就掀起了对它的批判，并且"积极"浪漫主义者亦随之对其进行讨伐尚可理解，那么"积极"浪漫主义者在他们有生之年就已饱受各方指责，在维多利亚时期又遭到资产阶级文化界愈演愈烈的清算又该做何解释？我们该如何看待这个吊诡的政治现象？英国浪漫主义运动阶级取向问题的实质是什么？要想回答这个问题，我们不妨从这个政治历史假设出发：英国浪漫主义文化是贵族文化的重要阵地。

第二节　决胜未来:文学价值取向的变革与传承

我们不能简单化地将浪漫主义文学思潮归入贵族文化的范畴,也不能认为二者之间存在排他性的固定关系,实际情况是浪漫主义文化思潮契合了当时英国土地贵族阶层的政治利益需求,客观上它在文化领域内为土地贵族阶层提供强大的支撑力量。由于地缘政治的关系,英法两国在政治格局上联系密切。由于法国大革命血腥结果的连带效应,近在英吉利海峡彼岸的英国土地贵族阶层与国家政治文化精英们更加意识到巩固王权与守成既有改革成果的必要性。随着英国的工业革命在 18 世纪末期向纵深推进,利益分配的不均已经导致了严重的社会问题。因此,更加准确地说,浪漫主义文学是英国的反资产阶级社会情绪在文化领域内的一次汹涌回潮,而贵族阶层又乘机将浪漫主义为其所用,以此在文化领域内打压资产阶级,通过浪漫的文学对自我、自然与历史进行理想化与诗化处理,贬低资产阶级的工业化生产与城市化生活方式。在浪漫主义清新自然与热烈奔放的诗歌的影响下,不计其数的英国民众认同了这些文学理想,并将其融入自己的价值观,组成了一个在情感上反对资产阶级的庞大阵营。

任何战争都是交战双方多层次与多回合的博弈,资产阶级本来就是攻方,一直都在谋划着打入敌人内部瓦解对方的策略。对于文化领导权制高点的争夺不仅关乎一时成败,而且还可以决胜未来。在《爱丁堡评论》这个事件上,辉格党及其拥护者显然占据了先机,他们的文化反击策略十分奏效。《爱丁堡评论》走的是专业与高端的文化路线,文章均由苏格兰各学科领域的名家执笔,创办伊始就受到英国知识界的青睐,成为文学评论与品鉴的权威。它迅速蹿红的重要原因在于颠覆了当时文学评论传统中"兼收并包的客观立场"，以一贯秉承的辉格党品位以及苏格兰启蒙精神进行内容选择与裁剪(Wheatley，2002：1)。在19世纪的前20年里，《爱丁堡评论》是英国文学评论界的绝对权威，在它最初的鼎盛时期，对文学界拥有无与伦比的影响力，成为文化精英们的必读之物。《布莱克伍德杂志》刊载了一封(或许假托)德国人写给英国友人的书信，说《爱丁堡评论》几乎拥有"神谕一般的权威"(Lauerwinkel，1817：674)，虽说理据未必确凿，且基本立场是抨击《爱丁堡评论》，但从另一个角度可以看出这本期刊在业内对手以及旁观者眼中(哪怕是想象性质)的巨大影响力。以《爱丁堡评论》为首的文学评论刊物控制了英国文学与文化舆论，"像罗马皇帝一样"独断专权，组建了自己的"文学帝国"，形成了文化领域内的"寡头政治"(Lauerwinkel，1817：672)。

《爱丁堡评论》的读者群遍及社会各阶层，包括牛津、剑桥的大学生以及伊顿公学等校的高年级学生，其中就有浪漫主义阵营中的拜伦和雪莱。年轻的新一代浪漫主义作家在成长过程中不断浸泡在《爱丁堡评论》对湖畔派猛烈而持续的批评氛围中，创作理念受到它的深远影响，于是产生了规避湖畔派浪漫主义观念以及寻找文学新突破的动力。有批评家指出，拜伦与雪莱这两位年轻的浪漫主义诗人在19世纪初期写作的那些诗篇的政治诉求太过直接，"在诗歌领域这并非寻常之举"，原来它们的思想内容居然"是对《爱丁堡评论》创刊初期那几年刊物内容的惊人重复"(Butler，1995：139)。《爱丁堡评论》已经大大削弱了早期浪漫主义诗学理念对下一代年轻人的影响，尽管无法完全左右年轻文学家的思想，无法使他们在社会实践层面成为激进革命派从而肩负起政治使命，但拜伦和雪莱等人的审美思想却已经不再保守，成为当时的审美先锋派，济慈也和政治激进分子李·亨特相交甚密，以至于被托利党阵营的《布莱克伍德杂志》呼为"伦敦土腔派"魁首。《布莱克伍德杂志》等文学期刊将济慈、约翰·汉密尔顿·雷诺兹(John Hamilton Reynolds)、巴里·康沃尔(Barry Cornwall)、贺拉斯·史密斯(Horace Smith)，甚至雪莱和拜伦等新一代浪漫主义诗人都归入"伦敦土腔派"这个阵营，并"用湖畔派来攻击伦敦土腔派的田园牧歌"(Cox，1992：18，30)。托利党阵营的这一举动无异于宣示辉格党人文化反击战的胜利：湖畔派浪漫诗学理念已经失去了对自己文学子嗣的掌控力，浪漫主义文学阵营发生了严重分化，内部已经产生去(老派)浪漫化冲动。除了"影响的焦虑"以及文学思潮的自然更新换代法则之外，恐怕更大的原因在于资产阶级通过操纵文学批评话语，在新老两代浪漫主义诗人中间打下了一枚思想的楔子，使年轻一代的诗人在很大程度上背弃了湖畔派的诗学理念，自觉开始反浪漫化行动。资产阶级的文化战略已经在很大程度上成功改变了浪漫主义运动后半段的趋势与走向。

　　《爱丁堡评论》凭借自己一手造就的高端文化形象培养年轻一代对文学的崇高信念，在它的推动下，文学写作超越了作为谋生手段的物质层面，被提升为一种"优雅行为"(Butler，1995：138)，文学成为具有崇高地位的文化资本。在此社会风气下，越来越多的年轻人开始了自己的文学理想，为维多利亚时期英国文学的大繁荣埋下了伏笔。《爱丁堡评论》继承了18世纪文学期刊提升读者品位的理想，充满大量与此相关的讨论。它的明智之处在于摆脱了历史的纠缠，将注意力尽量放在当代文坛。习惯的力量太过强大，要颠覆英国传统文化中根深蒂固的"高雅"思想并非易事。《爱丁堡评论》采取了务实策略，即搁置英国文化中关于品位的历史渊源与争论，专注于批判当代文学气象，于是便有了它对湖畔派浪漫主义诗歌发起的猛烈阵地战。它不仅对贵族阶级的文化攻势起到了牵制作用，延缓与抵消了对手的文化侵蚀速度，还撼动了资产阶级的当代文化支

155

柱,进而成功影响与塑造了英国文化品位的未来形态。《爱丁堡评论》是"在 19 世纪英国普及政治经济学理论的首要文化载体"(Fontana,1985:2),同时还播撒了政治经济学、商业社会与海外拓殖的思想,对年轻一代的成长教育过程产生了巨大影响。每个时代的文学生态构成情况都很复杂,既受到文学传统历史基因的影响,又有文学内部不同文类之间的共存与竞争,还置身于外部社会政治氛围、意识形态和文化思潮的直接形塑力量之下。各种社会力量共同作用,造就了所在时代的文学潮流与样貌。摄政时期同样如此,概莫能外。司各特和奥斯丁等人继承了文学先辈们的遗产,在《爱丁堡评论》等文学机制力量的推动下走到摄政时期文学舞台的前景焦点,他们的作品成为当时读者和批评家所关注的文学图景的视觉中心。

结 语

　　沃尔特·司各特和简·奥斯丁是英国摄政时期小说星空中的双子星,他们的作品主要都发表在这个时期。就小说销量和影响力而言,司各特无疑是 19 世纪前期英国最著名的小说家,是英国文学天空中的主序恒星。司各特凭借"威弗莱"系列小说红极一时,独步英国文坛,"在浪漫主义时期内,《威弗莱》的作者(司各特)卖出的小说比其他所有作家加起来的还要多",到 19 世纪 20 年代末,司各特的小说总销量超过 50 万册,而到了 30 年代奥斯丁的小说总销量才达到 1 万到 1.2 万册(St. Clair, 2008:43-44)。即便放眼整个英国文坛,当时社会影响力能跟司各特媲美的也只有拜伦而已,一些当代读者耳熟能详的名字如华兹华斯、柯勒律治、雪莱、济慈等,在当时的文学声誉还没有攀升到应有的高点,直到维多利亚时期才得到迟到的认可(Eliot, 2001:37)。司各特敏锐地觉察到英国公众文学品位的变迁,捕捉到小说崛起的历史潮流,毅然从诗歌写作向小说转型,终成引领英国小说风尚的一代巨匠。同时,他还开创了历史小说,成为当时现象级的文学事件,对塑造英国民众的阅读品位、推动英国小说的繁荣起到了关键作用。司各特的作品走出了英国,产生了世界影响,对法国、美国、俄国、意大利的小说发展趋势也有不可忽视的影响。

销量是衡量作家受欢迎程度的指针，却不是判断作品成就和地位的准绳。奥斯丁在世时并未像司各特那样大红大紫，也没有司各特发掘历史小说新路径那样的开拓气概，但是她用专注的热情、严肃的道德感和细腻精致的笔触描绘了摄政时期英国乡村士绅阶层青年男女的婚恋生活。奥斯丁在维多利亚前期未得到充分认可，作品在相当长的一段时期内没有重印，影响力并不大，但是她的存在感一直潜藏在英国小说的血液里。奥斯丁汇聚了19世纪之前英国小说史上家庭现实主义的多条重要分支，不仅吸收了亨利·菲尔丁精巧幽默的行文布局和塞缪尔·理查逊精致细腻的内心描写，还继承了弗朗西斯·伯尼等众多前辈女性作家严肃的道德关怀，创造性地通过自由间接引语这种叙事技巧来收纳和剪裁这些内容，经过精雕细琢之后产出了《傲慢与偏见》和《爱玛》等光华灿烂的篇章。在奥斯丁之后，家庭现实主义在维多利亚时期英国小说世界中终成浩浩荡荡的主流。利维斯（2002：1）在《伟大的传统》一书中认为奥斯丁"情况特异，需颇费笔墨详加研讨"，并没有在书中详谈，而选择从乔治·艾略特谈起，但是他给予了奥斯丁至高的评价："（奥斯丁）不单为后来者创立了传统，她的成就，对我们而言，还有一个追溯的效用：自她回追上溯，我们在先前过去里看见，且因为她才看见了，其间蕴藏着怎样的潜能和意味，历历昭彰，以致在我们眼里，正是她创立了我们看见传承至她的那个传统。她的作品，一如所有创作大家所为，让过去有了意义。"（利维斯，2002：7-8）随着批评界重新认识奥斯丁，她在全世界范围内得到越来越高的关注度，自19世纪后期以来，她的作品在批评界和读者界都广受欢迎，声誉日隆，到了21世纪仍然有增无减，成为英国文学史上一个奇迹般的存在。

　　摄政时期不仅活跃着沃尔特·司各特、简·奥斯丁、安·拉德克里夫、玛丽·雪莱、玛利亚·埃奇沃思、约翰·高尔特、詹姆斯·霍格等重要作家，还诞生了一大批热爱文学的孩子。这些孩子读着

结　语

司各特等人的作品长大,后来也投身于小说创作,其中有爱德华·布尔沃-利顿(1803)、本杰明·迪斯累利(1804)、伊丽莎白·盖斯凯尔(1810)、威廉·梅克比斯·萨克雷(1811)、查尔斯·狄更斯(1812)、安东尼·特罗洛普(1815)、夏洛特·勃朗特(1816)、艾米莉·勃朗特(1818)、乔治·艾略特(1819)和威廉·威基·柯林斯(William Wilkie Collins,1824)。[①] 这些年轻一代的作家恰逢大英帝国在维多利亚女王带领下走向历史巅峰的盛世,他们对司各特和奥斯丁等人的小说遗产有继承和沿袭,更有反叛和创新。读着司各特、奥斯丁、玛利亚·埃奇沃思、玛丽·雪莱等摄政时期作家的小说成长起来的这些作家长大之后对道德和伦理问题同样极其敏感,他们在崭新的维多利亚时期用属于自己一代的文学风格开创了英国现实主义小说的高峰。这批作家在维多利亚时期度过自己的写作盛年,但不少人魂牵梦绕的却是19世纪前30年的摄政时期,常常将自己作品的时间框架设置在摄政时期[②],他们的情感思绪仍然还在无比钟爱与眷恋摄政时期那个于浮华之下酝酿着巨变的时代。

　　1849年8月,马克思被法国政府驱逐,移居伦敦。在那段艰苦而又伟大的岁月里,他阅读了很多英国文学作品。那时狄更斯、萨克雷、勃朗特姐妹等人的小说(如《大卫·科波菲尔》《名利场》《呼啸山庄》和《简·爱》)正风靡英伦三岛,然而司各特和奥斯丁等摄政时期老作家的余威仍在。马克思对司各特小说中的苏格兰革命和起义很感兴趣,时常在炉火边给孩子们朗读"威弗莱"系列小说

---

　　①　此句括号中的年份均指出生年份。
　　②　《简·爱》《呼啸山庄》《米德尔马契》《弗洛斯河上的磨坊》《名利场》《西尔维娅的恋人》《雾都孤儿》《大卫·科波菲尔》等大量维多利亚时期名著都将故事时间设定在摄政时期。

(Maxwell，2009：63)。① 据马克思小女儿艾琳娜和二女婿保尔·拉法格回忆，马克思"将司各特的小说读了又读，欣赏他的作品，也熟悉他的作品，就像熟悉菲尔丁和巴尔扎克一样"(Parker，2012：57)。马克思似乎并没有在发表的正式文字中表扬过司各特和奥斯丁，但是他对那些生活在维多利亚时期的司各特和奥斯丁的文学子嗣大加赞赏。马克思在1854年的《英国资产阶级》一文中称赞狄更斯、萨克雷、夏洛特·勃朗特和盖斯凯尔夫人等人是"现代英国的一批杰出的小说家，他们在自己的卓越的、描写生动的书籍中向世界揭示的政治和社会真理，比一切职业政客、政论家和道德家加在一起所揭示的还要多"(马克思，恩格斯，2016：686)。马克思敏锐地把握了英国小说的现实主义传统，看到了文学与伦理、政治、社会之间的密切交互作用。英国小说在17世纪兴起时，就在笛福、菲尔丁和理查逊那里表现出了现实主义的强大基因。在浪漫主义思潮汹涌澎湃的摄政时期里，现实主义在英国小说史上出现了司各特的历史写实浪漫主义和奥斯丁的家庭现实主义，两种风格一明一暗、一强一弱地交错而行。到了维多利亚时期，现实主义风格小说开枝散叶，迎来了全盛时期。这批现实主义风格的年轻作家秉持着烛照现实的态度和肃穆的道德感，批判丑恶的非伦理行为，肩负起用小说改造社会的责任感，用小说绘制出了维多利亚时期波澜壮阔历史画卷下普通民众的日常百态。他们各具特色的写作风格将司各特和奥斯丁等人开创的英国小说的伟大传统薪火相传，使维多利亚时期小说成为英国文学史上光彩熠熠的一页。

---

① 马克思的妻子燕妮的曾祖母一脉来自苏格兰氏族，或许这也是马克思一家阅读司各特小说的原因。

参考文献

Alexander, Isabella, 2010. *Copyright Law and the Public Interest in the Nineteenth Century*. Oxford: Hart Publishing.

Allen, Emily, 2003. *Theater Figures: The Production of the Nineteenth-Century British Novel*. Columbus: The Ohio State University Press.

Allen, Rob, 2014. "'Pause You Who Read This': Disruption and the Victorian Serial Novel". In Rob Allen & Thijs Van den Berg (eds.). *Serialization in Popular Culture*. New York: Routledge: 33-46.

Amarasinghe, Upali, 1962. *Dryden and Pope in the Early 19th Century: A Study of Changing Literary Taste 1800—1830*. Cambridge: Cambridge University Press.

Auden, W. H. & Louis MacNeice, 1937. *Letters from Iceland*. London: Farber and Farber.

Austen, Jane, 1833. *Northanger Abbey*. London: Richard Bentley.

Austen, Jane, 1884. *Letters of Jane Austen (Vols. 1—2)*. London: Richard Bentley & Son.

Austen, Jane, 2011. *Jane Austen's Letters*. Oxford: Oxford University Press.

Austen-Leigh, James Edward, 2008. *A Memoir of Jane Austen*：
    And Other Family Recollections. Oxford：Oxford University
    Press.

Bacon, Francis, 1985. *The Essays or Counsels*, *Civil and Moral*.
    Cambridge, MA：Harvard University Press.

Baker, William, 2008. *Critical Companion to Jane Austen*：*A
    Literary Reference to Her Life and Work*. New York：Facts
    on File Inc.

Ballantyne, 1871. *The History of the Ballantyne Press and Its
    Connection with Sir Walter Scott*. Edinburgh：The Ballantyne
    Press.

Barger, Andrew, 2012. *The Best Vampire Stories 1800—1849*：*A
    Classic Vampire Anthology*. Collierville：Bottletree Books.

Barrett, Charlotte, 2013. *Diary and Letters of Madame D'Arblay
    (Vol. 6)*. Cambridge：Cambridge University Press.

Bautz, Annika, 2007. *The Reception of Jane Austen and Walter
    Scott*. London：Continuum.

Becker, Marvin B. , 1994. *The Emergence of Civil Society in the
    Eighteenth Century*. Bloomington：Indiana University Press.

Bellamy, Liz, 1998. *Commerce*, *Morality and the Eighteenth-
    Century Novel*. Cambridge：Cambridge University Press.

Benedict, Barbara M. , 2004. "Readers, Writers, Reviewers and
    the Professionalization of Literature". In Thomas Keymer &
    Jon Mee (eds.). *The Cambridge Companion to English
    Literature*, *1740—1830*. Cambridge：Cambridge University
    Press：3-23.

Bloom, Harold, 2007. *Mary Shelley's "Frankenstein"*. New

York: Infobase Publishing.

Bloom, Harold, 2009. *George Gordon, Lord Byron*. New York: Infobase Publishing.

Bowen, John, 2000. *Other Dickens: Pickwick to Chuzzlewit*. Oxford: Oxford University Press.

Bowen, John, 2018. "Dickens as Professional Writer". In Robert L. Patten, John O. Jordan & Catherine Waters (eds.). *The Oxford Handbook of Charles Dickens*. Oxford: Oxford University Press: 43-58.

Boyd, Stephen, 1984. *Notes on "Frankenstein"*. Essex: Longman Group.

Brabourne, Edward, 1884. "Appendices". In Jane Austen. *Letters of Jane Austen (Vol. 2)*. London: Richard Bentley & Son: 345-366.

Brontë, Charlotte, 2000. *The Letters of Charlotte Brontë (Vol. 2)*. Oxford: Clarendon Press.

Burney, Fanny, 1999. *Camilla; or, A Picture of Youth*. Oxford: Oxford University Press.

Butler, Marilyn, 1975. *Jane Austen and the War of Ideas*. Oxford: Clarendon Press.

Butler, Marilyn, 1995. "Culture's Medium: The Role of Review". In Stuart Curran (ed.). *The Cambridge Companion to British Romanticism*. Cambridge: Cambridge University Press: 120-147.

Byrne, Paula, 2004. *Jane Austen's "Emma": A Sourcebook*. London: Routledge.

Byron, George Gordon, 1819. *Mazeppa*. London: John Murray.

Carlyle, Thomas, 1899. *Thomas Carlyle: Critical and*

Miscellaneous Essays (*Vol.* 4). London: Chapman and Hall.

Carson, James P. , 2010. *Populism, Gender, and Sympathy in the Romantic Novel*. New York: Palgrave Macmillan.

Cavallaro, Dani, 2002. *The Gothic Vision: Three Centuries of Horror, Terror and Fear*. London: Continuum.

Child, Harold, 1970. "Jane Austen". In Adolphus William Ward & A. R. Waller (eds.). *The Cambridge History of English Literature*. Cambridge: Cambridge University Press: 231-244.

Clayton, Jay, 2009. *Romantic Vision and the Novel*. Cambridge: Cambridge University Press.

Cochran, Kate, 2001. "' The Plain Round Tale of Faithful Thady': *Castle Rackrent* as Slave Narrative". *New Hibemia Review*(5): 57-72.

Cohen, Jane R. , 1980. *Charles Dickens and His Original Illustrators*. Columbus: The Ohio State University.

Cohen, Michael, 1995. *Sisters: Relation and Rescue in Nineteenth-Century British Novels and Paintings*. Madison: Fairleigh Dickinson University Press.

Copeland, Edward, 2011. "Money". In Edward Copeland & Juliet McMaster (eds.). *The Cambridge Companion to Jane Austen*. Cambridge: Cambridge University Press: 127-143.

Cox, Jeffrey N. , 1992. *Poetry and Politics in the Cockney School: Keats, Shelley, Hunt, and Their Circle*. Cambridge: Cambridge University Press.

Craig, Sheryl, 2015. *Jane Austen and the State of the Nation*. Basingstoke: Palgrave Macmillan.

Crockett, William Shillinglaw, 1905. *Abbotsford*. London: Adam and Charles Black.

Curran, Stuart, 1993. *The Cambridge Companion to British Romanticism*. Cambridge: Cambridge University Press.

Dart, Gregory, 2012. *Metropolitan Art and Literature, 1810—1840: Cockney Adventures*. Cambridge: Cambridge University Press.

David, Deirdre, 2015. "Making a Living as an Author". In Stephen Arata, et al. (eds.). *A Companion to the English Novel*. Malden: John Wiley & Sons: 291-305.

Davis, Philip, 2007. *The Victorians*. Beijing: Foreign Language Teaching and Research Press.

Derry, John, 1963. *The Regency Crisis and the Whigs 1788—9*. London: Cambridge University Press.

Dickens, Charles, 1994. *The Pickwick Papers*. London: Penguin Books.

Duncan, Ian, 2007. *Scott's Shadow: The Novel in Romantic Edinburgh*. Princeton: Princeton University Press: 70-95.

Edgeworth, Maria, 1820. *Memoirs of Richard Lovell Edgeworth (Vol. 2)*. London: R. Hunter.

Edgeworth, Maria, 1895. *The Life and Letters of Maria Edgeworth*. Cambridge, MA: The Riverside Press.

Edgeworth, Maria, 2007. *Castle Rackrent*. Indianapolis: Hackett Publishing Company.

Egenolf, Susan B. , 2009. *The Art of Political Fiction in Hamilton, Edgeworth, and Owenson*. Farnham: Ashgate Publishing.

Eliot, Simon, 2001. "The Business of Victorian Publishing". In

Deirdre David (ed.). *The Cambridge Companion to the Victorian Novel*. Cambridge: Cambridge University Press: 37-60.

Epstein, Julia, 1989. *The Iron Pen: Frances Burney and the Politics of Women's Writing*. Madison: The University of Wisconsin Press.

Fergus, Jan, 2009. "The Literary Market". In Claudia L. Johnson & Clara Tuite (eds.). *A Companion to Jane Austen*. Malden: Blackwell: 41-50.

Fernandez, Jean, 2010. *Victorian Servants, Class, and the Politics of Literacy*. London: Routledge.

Fontana, Biancamaria, 1985. *Rethinking the Politics of Commercial Society: The Edinburgh Review, 1802—1832*. Cambridge: Cambridge University Press.

Forman-Barzilai, Fonna, 2009. *Adam Smith and the Circles of Sympathy: Cosmopolitanism and Moral Theory*. Cambridge: Cambridge University Press.

Forster, John, 1872. *The Life of Charles Dickens (Vol. 1)*. Philadelphia: J. B. Lippincott & Co.

Gaskell, Elizabeth, 1997. *The Letters of Mrs. Gaskell*. Manchester: Mandolin.

Gaskell, Elizabeth, 1998. *Cranford and Selected Short Stories*. Ware: Wordsworth Editions Ltd.

Gelder, Ken, 1994. *Reading the Vampire*. London: Routledge.

Gomme, George Laurence, 1898. *London in the Reign of Victoria (1837—1897)*. London: Blackie & Son.

Graham, Peter, 2008. *Jane Austen and Charles Darwin:*

Naturalists and Novelists. Aldershot: Ashgate Publishing Limited.

Haggerty, George E., 1989. *Gothic Fiction/Gothic Form*. Pennsylvania: Pennsylvania State University Press.

Hallab, Mary Y., 2009. *Vampire God: The Allure of the Undead in Western Culture*. Albany: State University of New York.

Hardy, John Phillips, 2011. *Jane Austen's Heroines: Intimacy in Human Relationships*. London: Routledge.

Harris, Jocelyn, 2017. *Satire, Celebrity, and Politics in Jane Austen*. Lewisburg: Bucknell University Press.

Heinen, Sandra, 2017. "Fiction". In Ralf Haekel (ed.). *Handbook of British Romanticism*. Berlin: De Gruyter: 218-236.

Heydt-Stevenson, Jillian & Charlotte Sussman, 2010. *Recognizing the Romantic Novel: New Histories of British Fiction, 1780—1830*. Liverpool: Liverpool University Press.

Hill, Richard J., 2016. *Picturing Scotland Through the Waverley Novels: Walter Scott and the Origins of the Victorian Illustrated Novels*. London: Routledge.

Hillhouse, James Theodore, 1956. *The Waverley Novels and Their Critics*. Oxford: Oxford University Press.

Himmelfarb, Gertrude, 2012. *The Moral Imagination: From Adam Smith to Lionel Trilling*. Lanham: Rowman and Littlefield Publishers.

Hobsbaum, Philip, 1998. *A Reader's Guide to Charles Dickens*. Syracuse: Syracuse University Press.

Hollingworth, Brian, 1997. *Maria Edgeworth's Irish Writing*: *Language*, *History*, *Politics*. Houndmills: Macmillan.

Hooper, Keith, 2017. *Charles Dickens*: *Faith*, *Angels and the Poor*. Oxford: Lion Books.

Hopkinson, David, 1988. "Class". In Sally Mitchell (ed.). *Victorian Britain*: *An Encyclopedia*. Abingdon: Routledge: 167-169.

Howard, Susan Kubica, 2007. "Introduction". In Maria Edgeworth. *Castle Rackrent*. Indianapolis: Hackett Publishing Company.

Howsam, Leslie, 2015. *The Cambridge Companion to the History of the Book*. Cambridge: Cambridge University Press.

Hughes, Linda K. & Michael Lund, 1991. *The Victorian Serial*. Charlottesville: The University of Virginia Press.

Hunter, J. Paul, 1996. "The Novel and the Social/Cultural History". In John Richetti (ed.). *The Cambridge Companion to the Eighteenth-Century Novel*. Cambridge: Cambridge University Press: 9-40.

Jeffrey, Frances, 1982. "*Thalaba the Destroyer*: A Metrical Poem". *Edinburgh Review*(1): 63-83.

Jeffrey, Francis, 1854. *Contributions to the "Edinburgh Review"*. Boston: Philips, Sampson and Company.

Jones, Lawrence, 1998. "Periodicals and the Serialization of Novels". In Paul Schellinger (ed.). *Encyclopedia of the Novel* (*Vol. 2*). London: Routledge: 991-996.

Keating, P. J., 2016. *The Working-Classes in Victorian Fiction*. London: Routledge.

Kinzer, Bruce L. , 1988. "Elections and the Franchise". In Sally Mitchell (ed.). *Victorian Britain: An Encyclopedia*. Abingdon: Routledge: 253-255.

Lane, Maggie, 2015. "Food". In Janet Todd (ed.). *Austen in Context*. Cambridge: Cambridge University Press: 262-268.

Lang, Andrew, 1899. "Editor's Introduction". In Walter Scott. *Waverley Novels: The Betrothed and the Talisman (Vol. 19)*. London: John C. Nimmo.

Lauerwinkel, V. , 1817. "Remarks on the Periodical Criticism of England: In a Letter to a Friend". *Blackwood's Edinburgh Magazine* (2): 672-679.

Lawless, Emily, 1904. *Maria Edgeworth*. New York: Macmillan.

Le Faye, Deirdre, 2006. *A Chronology of Jane Austen and Her Family: 1700—2000*. Cambridge: Cambridge University Press.

Lehane, Brendan, 2001. *The Companion Guide to Ireland*. Suffolk: Companion Guides.

Lesser, Zachary, et al. , 2019. *The Book in Britain: A Historical Introduction*. Hobken: Wiley Blackwell.

Lester, Valerie Browne, 2004. *Phiz: The Man Who Drew Dickens*. London: Chatto & Windus.

Levine, George, 1996. "*Frankenstein* and the Tradition of Realism". In J. Paul Hunter (ed.). *Frankenstein*. New York: Norton & Company, 1996: 208-213.

Lewes, George Henry, 1847. "Unsigned Review of *Jane Eyre*". *Fraser's Magazine* (12): xxxvi.

Lockhart, John Gibson, 1845. *Memoirs of the Life of Sir Walter Scott*. Edinburgh: Robert Cadell.

Lukács, Georg, 1983. *The Historical Novel*. Trans. Hannah Mitchell & Stanley Mitchell. Lincoln: University of Nebraska Press.

Macdonald, D. L. & Kathleen Scherf, 2008. "Introduction". In John William Polidori. *The Vampyre and Ernestus Berchtold*. Peterborough: Broadview Editions: 9-32.

MacGarvie, Megan & Peter Moser, 2015. "Copyright and the Profitability of Authorship: Evidence from Payment to Writers in the Romantic Period". In Avi Goldfarb, Shane M. Greenstein & Catherine E. Tucker (eds.). *Economic Analysis of the Digital Economy*. Chicago: The University of Chicago Press.

Mandal, Anthony, 2007. *Jane Austen and the Popular Novel: The Determined Author*. Basingstoke: Palgrave Macmillian, 2007.

Marshall, David, 1988. *The Surprising Effects of Sympathy*. Chicago: The University of Chicago Press, 1988.

Matthews, William, 2015. *Cockney Past and Present: A Short History of the Dialect of London*. London: Routledge, 2015.

Maxwell, Richard, 2009. *The Historical Novel in Europe, 1650—1950*. Cambridge: Cambridge University Press.

Mays, Kelly J., 2002. "The Publishing World". In Patrick Brantlinger & William B. Thesing (eds.). *A Companion to the Victorian Novel*. Malden: Blackwell: 11-30.

Mazzeno, Laurence W. , 2011. *Jane Austen: Two Centuries of Criticism*. Rochester: Camden House.

Mepham, John, 1996. "Introduction". In Mary Shelley. *Frankenstein*. Ware: Wordsworth Editions Ltd.

Meyer, Susan L. , 1990. "Colonialism and the Figurative Strategy of *Jane Eyre*". *Victorian Studies*, 33(2): 247-268.

Miller, J. Hillis, 1992. *Illustration*. Cambridge, MA: Harvard University Press.

Miller, J. Hillis, 1995. *Topographies*. Stanford: Stanford University Press.

Mitchell, Sally, 1981. *The Fallen Angel: Chastity, Class, and Women's Reading, 1835—1880*. Bowling Green: Bowling Green University Popular Press.

Mitchell, Sally, 1996. *Daily Life in Victorian England*. Westport: Greenwood Press.

Moers, Ellen, 1973. "Money, the Job and Little Women". *Commentary*(1): 57-65.

Morrison, Robert, 2005. *Jane Austen's "Pride and Prejudice": A Routledge Study Guide and Sourcebook*. New York: Routledge.

Neill, Michael, 2001. "Mantles, Quirks, and Irish Bulls Ironic Guise and Colonial Subjectivity in Maria Edgeworth's *Castle Rackrent*". *The Review of English Studies*, 52(205): 76-90.

Newman, Beth, 1986. "Narratives of Seductions and Seduction of Narrative: The Frame Structure of *Frankenstein*". *ELH*, 53(1): 141-163.

Newman, Beth, 2016. "The Vulgarity of Elegance: Social

Mobility, Social-Class Diction and the Victorian Novel". In Susan David Bernstein & Elsie B. Michie (eds.). *Victorian Vulgarity*: *Taste in Verbal and Visual Culture*. London: Routledge: 17-34.

Newman, Gerald, et al., 1997. *Britain in the Hanoverian Age*, *1714—1837*: *An Encyclopedia*. New York: Garland.

Nokes, David, 1997. *Jane Austen*: *A Life*. Berkeley: University of California Press.

Oates, Joyce Carol, 1984. "Frankenstein's Fallen Angel". *Critical Inquiry*, 10(3): 543-554.

Okker, Patricia & Nancy West, 2011. "Serialization". In Peter Melville Logan (ed.). *The Encyclopedia of the Novel*. Malden: Blackwell: 730-738.

Olcott, Charles S., 1913. *The Country of Sir Walter Scott*. Boston: Houghton Mifflin Company.

Page, Roman, 1988a. *A Byron Chronology*. Houndmills: Macmillan.

Page, Roman, 1988b. *Speech in English Novel*. Houndmills: Macmillan.

Parker, Andrew, 2012. *The Theorist's Mother*. Durham: Duke University Press.

Patten, Robert L., 2001. "From Sketches to Nickleby". In John O. Jordan (ed.). *The Cambridge Companion to Charles Dickens*. Cambridge: Cambridge University Press: 16-33.

Patten, Robert L., 2005. "Publishing in Parts". In John Bowen & Robert Patten (eds.). *Palgrave Advances in Charles Dickens Studies*. Houndmills: Palgrave Macmillan: 11-47.

Patten, Robert L. , 2011. "Chapman and Hall". In Paul Schlicke (ed.). *The Oxford Companion to Charles Dickens: Anniversary Edition*. Oxford: Oxford University Press: 71-76.

Patten, Robert L. , 2012. *Charles Dickens and "Boz": The Birth of the Industrial-Age Author*. Cambridge: Cambridge University Press.

Polidori, John William, 1819. "Letter from Dr. Polidori". *The New Monthly Magazine*(1): 332.

Polidori, John William, 2014. *The Diary of Dr. John William Polidori, 1816*. Cambridge: Cambridge University Press.

Rintoul, M. C. , 1993. *Dictionary of Real People and Places in Fiction*. London: Routledge.

Robertson, Ritchie, 2012. "Thomas Mann: Modernism and Ideas". In Michael Bell (ed.). *The Cambridge Companion to European Novelists*. Cambridge: Cambridge University Press: 343-360.

Rowlinson, Matthew, 2010. *Real Money and Romanticism*. Cambridge: Cambridge University Press.

Rutherford, Richard, 2005. *Classical Literature: A Concise History*. Malden: Blackwell.

Ryle, Gilbert, 1971. "Jane Austen and the Moralists". *Critical Essays: Collected Papers (Vol. 1)*. London: Routledge: 286-302.

Sales, Roger, 1994. *Jane Austen and Representations of Regency England*. London: Routledge.

Schmitt, Carl, 1986. *Political Romanticism*. Trans. Guy Oakes. Cambridge, MA: The MIT Press.

Scott, Walter, 1831. *Autobiography of Sir Walter Scott*, *Bart.* Philadelphia: Carey & Lea.

Scott, Walter, 1890. *The Journal of Sir Walter Scott* (Vol. 1). Edinburgh: David Douglas.

Scott, Walter, 1893. *The Fortunes of Nigel*. Boston: Dana Estes & Company.

Scott, Walter, 1894a. *Familiar Letters of Sir Walter Scott* (Vol. 1). Edinburgh: David Douglas.

Scott, Walter, 1894b. *The Complete Poetical Works of Sir Walter Scott*. New York: Thomas Y. Crowell & Co.

Scott, Walter, 1902. *Waverley Novels*: *Betrothed*. Edinburgh: T. and A. Constable.

Scott, Walter, 1932. *The Letters of Sir Walter Scott* (Vol. 3). London: Constable.

Scott, Walter, 2004. "Unsigned Review of Emma". In Paula Byrne (ed.). *Jane Austen's "Emma"*: *A Sourcebook*. London: Routledge.

Scott, Walter, 2015. *Waverley*. Oxford: Oxford University Press.

Seed, David, 1988. "The Platitude of Prose: Byron's Vampire Fragment in the Context of His Verse Narratives". In Bernard G. Beatty & Vincent Newey (eds.). *Byron and the Limits of Fiction*. Totowa, NJ: Barnes and Noble Books: 126-147.

Shattock, Jonne, 2012. "The Publishing Industry". In John Kucich & Jenny Bourne Taylor (eds.). *The Nineteenth-Century 1820—1880*. Oxford: Oxford University Press: 3-21.

Shelley, Mary, 1996. *Frankenstein*. Ware: Wordsworth Editions Ltd.

Showalter, Elaine, 1977. *A Literature of Their Own*: *British Women Novelists from Brontë to Lessing*. Princeton: Princeton University Press.

Simpson, David, 1993. "Romanticism, Criticism and Theory". In Stuart Curran(ed.). *The Cambridge Companion to British Romanticism*. Cambridge: Cambridge University Press: 1-24.

Smith, Adam, 2007. *The Wealth of Nations*. New York: Cosio.

Smith, Charlotte, 2003. *The Collected Letters of Charlotte Smith*. Bloomington: Indiana University Press.

Smith, E. A., 1999. *George IV*. New Haven: Yale University Press, 1999.

Smith, Robert A., 1984. *Late Georgian and Regency England*, *1760—1837*. Cambridge: Cambridge University Press.

Southey, Robert, 1850. *The Life and Correspondence of Robert Southey* (*Vol. 4*). London: Longman, Brown, Green and Longmans.

Southey, Robert, 2008. "Letter to Charlotte Brontë". In Harold Bloom (ed.). *The Brontës*. New York: Infobase Publishing: 6-7.

St. Clair, William, 2004. *The Reading Nation in the Romantic Period*. Cambridge: Cambridge University Press.

St. Clair, William, 2008. "Publishing, Authorship and Reading". In Richard Maxwell & Katie Trumpener (eds.). *The Cambridge Companion to Fiction in the Romantic Period*. Cambridge: Cambridge University Press: 23-46.

Stevens, Anne H., 2010. *British Historical Fiction Before Scott*. Houndmills: Palgrave Macmillan.

Sutherland, John, 1995. *Victorian Fiction：Writers，Publishers，Readers*. Houndmills：Macmillan.

Sutherland, Kathryn, 1987. "Fictional Economies：Adam Smith, Walter Scott and the Nineteenth-Century Novel". *ELH*, 54 (1)：97-127.

The House of Commons, 1838. Reports from Commissioners, Session 15 November 1837—16 August 1838, Vol. 35. London：The House of Commons.

Thompson, F. M. L., 2007. *English Landed Society in the Nineteenth Century*. London：Routledge.

Thomson, Clara L., 1907. *Poems by William Wordsworth*. Cambridge：Cambridge University Press.

Tucker, George Holbert, 1994. *Jane Austen the Woman：Some Biographical Insights*. New York：St. Martin's Press.

Tuite, Clara, 2015. *Lord Byron and Scandalous Celebrity*. Cambridge：Cambridge University Press.

Warren, Andrea, 2011. *Charles Dickens and the Street Children of London*. New York：Houghton Mifflin Harcourt.

Watkin, Amy S., 2009. *Bloom's How to Write about Charles Dickens*. New York：Infobase Publishing.

Wheatley, Kim, 2002. "Introduction". *Prose Studies：History, Theory, Criticism*(1)：1-18.

Wheller, Michael, 2013. *English Fiction of the Victorian Period*. London：Routledge.

Wilkes, Christopher, 2013. *Social Jane：The Small, Secret Sociology of Jane Austen*. Newcastle upon Tyne：Cambridge Scholars Publishing.

奥斯丁,2017a. 爱玛. 孙致礼,译. 北京:人民文学出版社.

奥斯丁,2017b. 理智与情感. 孙致礼,译. 北京:人民文学出版社.

奥斯丁,2017c. 诺桑觉寺. 孙致礼,译. 北京:人民文学出版社.

勃兰兑斯,1984. 十九世纪文学主流(第四分册·英国的自然主义). 徐式谷,江枫,等译. 北京:人民文学出版社.

曹波,2009. 人性的推求:18 世纪英国小说研究. 北京:光明日报出版社.

陈礼珍,2017. "身着花格呢的王子":司各特的《威弗莱》与乔治四世的苏格兰之行. 外国文学评论(2):27-43.

陈榕,2012. 哥特小说. 外国文学(4):97-107.

陈恕,2006. 玛利亚·埃奇沃思//钱青. 英国 19 世纪文学史. 北京:外语教学与研究出版社.

程巍,2009. 隐匿的整体. 开封:河南大学出版社.

狄更斯,1979. 匹克威克外传. 蒋天佐,译. 上海:上海译文出版社.

费伦,2002. 作为修辞的叙事:机巧、读者、伦理、意识形态. 陈永国,译. 北京:北京大学出版社.

高灵英,2008. 苏格兰民族形象的塑造:沃尔特·司各特爵士的苏格兰历史小说主题研究. 开封:河南大学.

耿力平,2012. 从洛克的唯物主义认识论看奥斯汀小说的辩证内涵. 南开大学学报(哲学社会科学版)(5):27-34.

郭方云,2004. 分裂的文本 虚构的权威——从《弗兰肯斯坦》看西方女性早期书写的双重叙事策略. 外国文学研究(4):5-11.

黄梅,2006. 双重迷宫. 北京:北京大学出版社.

黄梅,2008.《爱玛》中的长者. 外国文学评论(4):90-102.

克林格曼,克林格曼,2017. 无夏之年:1816,一部冰封的历史. 李矫,杨占,译. 北京:化学工业出版社.

李伟昉,2005.《弗兰肯斯坦》叙事艺术论. 外国文学研究(3):70-74.

利维斯,2002. 伟大的传统. 袁伟,译. 北京:生活·读书·新知三
　　联书店.

鲁宾斯坦,1987. 英国文学的伟大传统:从莎士比亚到奥斯丁. 陈安
　　全,等译. 上海:上海译文出版社.

鲁春芳,2009. 神圣自然:英国浪漫主义诗歌的生态伦理思想. 杭
　　州:浙江大学出版社.

马克思,恩格斯,1997. 共产党宣言. 中共中央马克思恩格斯列宁斯
　　大林著作编译局,译. 北京:人民出版社.

马克思,恩格斯,2016. 马克思恩格斯全集(第10卷). 中共中央马
　　克思恩格斯列宁斯大林著作编译局,译. 北京:人民出版社.

麦基恩,2015. 英国小说的起源:1600—1740. 胡振明,译. 上海:华
　　东师范大学出版社.

聂珍钊,2009. 外国文学作品选——18世纪至浪漫主义时期文学.
　　武汉:华中师范大学出版社.

聂珍钊,2011. 文学伦理学批评:基本理论与术语. 外国文学研究
　　(1):12-22.

聂珍钊,2014a. 文学伦理学批评:论文学的基本功能与核心价值.
　　外国文学研究(4):8-13.

聂珍钊,2014b. 文学伦理学批评导论. 北京:北京大学出版社.

聂珍钊,杜娟,唐红梅,等,2007. 英国文学的伦理学批评. 武汉:华
　　中师范大学出版社.

钱青,2006. 英国19世纪文学史. 北京:外语教学与研究出版社.

桑德斯,2000. 牛津简明英国文学史. 谷启楠,韩加明,高万隆,译.
　　北京:人民文学出版社.

尚晓进,2014. 什么是浪漫主义文学. 上海:上海外语教育出版社.

申丹,2006. 何为"不可靠叙述". 外国文学评论(4):133-143.

苏耕欣,2005. 自我、欲望与叛逆:哥特小说中的潜意识投射. 国外

文学(4):52-59.

苏耕欣,2010. 哥特小说:社会转型时期的矛盾文学. 北京:北京大学出版社.

苏耕欣,2013. 爱情与惩罚:《爱玛》对于浪漫爱情的道德救赎. 外国文学(2):33-38.

汤普森,2002. 共有的习惯. 沈汉,王加丰,译. 上海:上海人民出版社.

瓦特,1992. 小说的兴起. 高原,董红钧,译. 北京:生活·读书·新知三联书店.

王晓姝,2012. 从拜伦、斯托克到赖斯笔下吸血鬼意象的文学嬗变. 外国语文(3):30-33.

王欣,2011. 英国浪漫主义诗歌的形式主义批评. 上海:上海外语教育出版社.

希尔兹,2014. 简·奥斯丁. 袁蔚,译. 北京:生活·读书·新知三联书店.

殷企平,2013. "文化辩护书":19世纪英国文化批评. 上海:上海外语教育出版社.

张箭飞,1999. 奥斯丁的小说与启蒙主义伦理学. 武汉大学学报(哲学社会科学版)(2):112-115.

张鑫,2011. 出版体制、阅读伦理与《弗兰肯斯坦》的经典化之路. 外国文学研究(4):74-81.

张旭春,2001. 革命·意识·语言:英国浪漫主义研究中的几大主导范式. 外国文学评论(1):116-127.

索　引

后　记

本书是我在华中师范大学文学院进行博士后研究期间取得的成果。很荣幸加入文学院的大家庭,在合作导师聂珍钊教授和胡亚敏院长、刘云院长等人的带领下开始新的学术征程。

聂珍钊教授开创的文学伦理学批评为我的学术研究打开了一扇窗,让我对文学的本质、起源和功能等重要命题有了更加深入的思考,有了更高的学术追求和人生理想。

在博士后研究期间,我得到了众多师友的帮助和鼓励,尤其要感谢北京大学申丹教授,杭州师范大学殷企平教授、欧荣教授、任顺元书记、马弦教授、曹山柯教授、徐晓东教授、何畅教授、管南异教授、陈海容博士、周丽影同学、孙田田同学;感谢华中师范大学苏晖教授、罗良功教授、李俄宪教授、杨建教授、黄晖教授、刘旭平老师、张春江老师、史晓楠老师、徐莉老师、刘兮颖博士、杜娟博士;感谢浙江大学吴笛教授、杨革新教授、任洁博士;感谢上海交通大学刘建军教授、尚必武教授,南开大学王立新教授,复旦大学王升远教授,上海对外经贸大学王卫新教授,湘潭大学胡强教授,宁波大学王松林教授,浙江理工大学何庆机教授,山东师范大学王卓教授,广东外语外贸大学刘茂生教授,广州大学张连桥教授。

感谢美国哥伦比亚大学莎伦·马库斯(Sharon Marcus)教授,美国罗格斯大学迈克尔·麦基恩(Michael McKeon)教授、卡罗琳·威廉姆斯(Carolyn Williams)教授,美国普林斯顿大学苏珊·斯图尔特(Susan Stewart)教授在我公派留学期间对本项目给予的指导。

本书的前期阶段性研究成果以论文形式发表在《外国文学评论》《外国文学》《外国文学研究》《英美文学研究论丛》《北京第二外国语学院学报》等期刊上,感谢编辑老师们的大力支持和评审专家的指导意见。

感谢浙江大学出版社给予我机会出版本书。感谢编辑董唯女士的认真编校和指导工作,她的深厚学识和严谨态度让本书在各方面均更加规范和完备。

本书在写作和出版过程中受到了中国博士后科学基金(2014M560615)和浙江省高校高水平创新团队"新时代中国话语国际传播创新团队"资助,在此一并致谢!

陈礼珍

2021 年 4 月

图书在版编目(CIP)数据

伦理透视法:英国摄政时期小说叙事图景 / 陈礼珍
著. —杭州:浙江大学出版社,2021.9
ISBN 978-7-308-20703-4

Ⅰ.①伦… Ⅱ.①陈… Ⅲ.①小说研究－英国－
1800－1830 Ⅳ.①I561.074

中国版本图书馆 CIP 数据核字(2020)第 204469 号

伦理透视法：英国摄政时期小说叙事图景

陈礼珍　著

策　　划	董　唯	
责任编辑	董　唯	
责任校对	黄静芬	
封面设计	周　灵	
出版发行	浙江大学出版社	
	（杭州市天目山路 148 号　邮政编码 310007）	
	（网址:http://www.zjupress.com）	
排　　版	浙江时代出版服务有限公司	
印　　刷	杭州高腾印务有限公司	
开　　本	710mm×1000mm　1/16	
印　　张	12	
字　　数	160 千	
版 印 次	2021 年 9 月第 1 版　2021 年 9 月第 1 次印刷	
书　　号	ISBN 978-7-308-20703-4	
定　　价	45.00 元	

浙江大学出版社市场运营中心联系方式　（0571)88925591;http://zjdxcbs.tmall.com